其言必信，其行必果，已諾必誠，不愛其軀，赴士之阨困

打開傳說中的書
About ClassicsNow.net

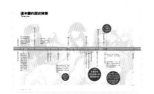

關鍵時間、人物、地點,在書前有簡明要點。

大約一百年前,甘地在非洲當律師。有天,他要搭長途火車,朋友在月台上送了他一本書。火車抵站的時候,他讀完了那本書,知道自己的未來從此不同。因為,「我決心根據這本書的理念,改變我的人生。」

日後,甘地被稱為印度聖雄的一些基本理念與信仰,都可溯源到這本書*。

◎

閱讀,可以有許多收穫與快樂。

「1.0」:以跨越文字、繪畫、攝影、圖表的多元角度,破解經典的神秘符號。

其中最神奇的是,如果我們有幸遇上一本充滿魔力的書,就會跨進一個自己原先無從遭遇的世界,見識到超出想像之外的天地與人物。於是,我們對人生、對未來的認知與準備,截然改觀。

◎

充滿這種魔力的書很多。流傳久遠的,就有了「經典」的稱呼。

稱之為「經典」,原是讚嘆與敬意。偏偏,敬意也容易轉變為敬畏。因此,不論中外,提到「經典」會敬而遠之,是人性之常。

「2.0」:以圖像來重現原典,或者重新做創作性的詮釋。

還不只如此。這些魔力之書的內容,包括其時間與空間的背景、作者與相關人物的關係、遣詞用字的意涵,隨著物換星移,也可能會越來越神秘,難以為後人所理解。

於是,「經典」很容易就成為「傳說中的書」──人人久聞其名,卻沒有機會也不知如何打開的書。

我們讓傳說中的書隨風而逝，作者固然遺憾，損失的還是我們。

每一部經典，都是作者夢想之作的實現；每一部經典，都可以召喚起讀者內心的另一個夢想。

讓經典塵封，其實是在封閉我們自己的世界和天地。

◎

何不換個方法面對經典？何不讓經典還原其魔力之書的本來面目？

這就是我們的想法。

因此，我們先請一個人，就他的角度，介紹他看到這部經典的魔力何在。

再來，我們以跨越文字、繪畫、攝影、圖表的多元角度，來打開困鎖住魔力之書的種種神秘符號。

然後，為了使現代讀者不會在時間和心力上感受到太大壓力，我們挑選經典原著最核心、最關鍵的篇章，希望讀者直接面對魔力之書的原始精髓。此外，還有一個網站，提供相關內容的整合、影音資料、延伸閱讀，以及讀者互動的可能。

因為這是從多元角度來體驗經典，所以我們稱之為《經典3.0》。

◎

最後，我們邀請的就是讀者，您了。

您要做的唯一的事情，就是對這些魔力之書的光環不要感到壓力，而是好奇。

您會發現：打開傳說中的書，原來就是打開自己的夢想與未來。

「3.0」：經典原著中，最關鍵與最核心的篇章選讀。

ClassicsNow.net網站，提供相關影音資料及延伸閱讀，以及讀者的互動。

*那本書是英國作家與思想家羅斯金（John Ruskin）寫的《給未來者言》（*Unto This Last*）。

經典3.0
ClassicsNow.net

効忠與任俠

七俠五義

Seven Gallants and Five Heroes

石玉崑 原著

張大春 導讀

阮光民 2.0繪圖

他們這麼說這本書
What They Say

插畫：麥震東

事蹟新奇
筆意酣恣

俞樾

📅 1821～1907

💬 清代文學家俞樾修改石玉崑的《三俠五義》為《七俠五義》，即是現在廣為流傳的版本。他稱讚此書：「事蹟新奇，筆意酣恣，描寫既細入毫芒，點染又曲中筋節。正如柳麻子說《武松打店》，初到店內無人，驀地一吼，店中空缸空甕皆甕甕有聲；閒中著色，精神百倍。」

黃海岱

📅 1901～2007

💬 國寶級的布袋戲大師黃海岱最擅長「公案戲」，而《七俠五義》則是這位大師的最愛。他曾說：「《五義》我最喜歡演，《小五義》、《包公案》比較有義氣，它有五個兄弟結拜，結果死了一個，大家哭得很慘，大家很慘，為了這個排第五的死了，冤仇沒有報是不行的，……那些很有義氣。」為了紀念黃海岱，次子黃俊雄將父親生前最愛的戲《七俠五義》重拍，以《包公俠義傳》為劇名。

《七俠五義》
是我最喜歡
演的劇本

激發出來
我對俠義行為的
崇拜情操

柏楊

📅 1920～2008

💬 台灣知名作家柏楊也曾說道：「我看《小五義》、《七俠五義》、《續小五義》以及《荒江女俠》、平江不肖生的《江湖奇俠傳》。我說，就那時候，激發出來一個小男孩心靈上，對俠義行為的崇拜情操。」

星雲大師

 1927～

 在《人間萬事‧江湖》一文中，星雲大師談到
江湖人士的義氣時，他指出：「我們從《史記‧
游俠列傳》或《七俠五義》等民間的通俗小說
裏，可以看出一些江湖人物的義氣，如果你敬
重他，他捨身捨命為你奉獻，如果令他不齒，
他也會除惡務盡。」

可以看出一些
江湖人物的義氣

張大春

 1957～

 這本書的導讀者張大春，是知名的華文作家。從閱讀《七俠五義》
中，可以得到許多知識，他說道：「我會看到背後被武功、機關、
陰謀所遮擋的社會關係、人情世故，甚至是到底什麼是市井生活
當中必備的知識，這些都是《七俠五義》告訴我的。包括透過錦
毛鼠白玉堂和書僮雨墨的對話胡扯閒篇，講吃魚的方法，我想到
就會樂，我並不會用這種方法去吃魚，但是這個段子代表了說書
人對一種客觀知識與經驗的隨性追求，以及那個追求給讀者的想
像活動帶來的樂趣。」

《七俠五義》
告訴我什麼是
市井生活當中
必備的知識

你

 ？

 在二十一世紀此刻的你，讀
了這本書又有什麼話要說
呢？請到ClassicsNow.net上發
表你的讀後感想，並參考我
們的「夢想實現」計畫。

你要說些什麼？

3

書中的一些人物
Characters

插畫：麥震東

💬 本名包拯，是北宋時代的一個清官，歷史中真有其人（999～1062）。因為他廉潔公正、鐵面無私，所以人們稱他「包青天」或「包公」。由於他從小生來全身黝黑，所以又叫「包黑」。包拯任開封府尹期間，執法嚴明，不畏權貴，深得百姓的愛戴。著名的案子有《鍘美案》、《狸貓換太子》、《烏盆案》、《鍘包勉》、《鍘判官》等。

包公

南俠 展昭

💬 字熊飛，姿態瀟灑，面容俊美，為人俠肝義膽，武藝超群。當進京趕考的包拯在一間客店裏初遇展昭時，形容他「武生打扮，疊暴著英雄精神，面帶俠氣」。展昭曾在金龍寺救包拯，又在土龍崗退劫匪，天昌鎮捉刺客，後來被皇上封為御前四品帶刀護衛，綽號「御貓」，在開封府協助包拯辦案。

💬 外表高大，碧睛紫髯，因此又稱紫髯伯，是七俠中武功最高的，會點穴，善使刀，身懷一把九環寶刀。白玉堂曾奉命捉拿北俠，卻三兩下就被他打敗，不得不承認「此人本領，勝我十倍」。歐陽春性格深沉老練，質樸豪放，充滿大俠風範，然而心向江湖，不肯入朝為官，在《續小五義》中最後選擇了入寺出家。

北俠 歐陽春

雙俠
丁兆蘭
丁兆蕙

💬 茉花村丁府的雙胞胎兄弟，合稱雙俠。丁氏兄弟家境富裕，風流倜儻，丁兆蘭個性較沉穩，丁兆蕙長相秀美，個性活潑伶俐。由於丁府一家人很欣賞展昭，想與他結親，丁兆蕙便激自己的妹妹丁月華與展昭比武，最後促成一段姻緣。

💬 陷空島五義之一，排行老四。身材瘦小像個病夫，但擅長游泳，能在水中潛伏數個時辰，並且開目視物，在水中身手矯健，因此得名「翻江鼠」。蔣平雖然其貌不揚，但富於謀略，談吐風趣又機智，是五鼠中的智囊。他曾智擒白玉堂，後又用激將法使白玉堂自動上開封府領罪。

翻江鼠 蔣平

錦毛鼠 白玉堂

💬 陷空島五義之一，排行老五。年少華美，氣宇不凡，因容貌英俊秀美，文武雙全，所以被稱為「錦毛鼠」。白玉堂心高氣傲，鋒芒畢露，手段狠毒，因不服氣展昭被封為「御貓」，想找他比試，於是夜闖開封府盜取三寶，大鬧東京。後來展昭親上陷空島，與四鼠、丁氏雙俠合力將其擒獲，說服他到開封府為官。

這本書的歷史背景
Timeline

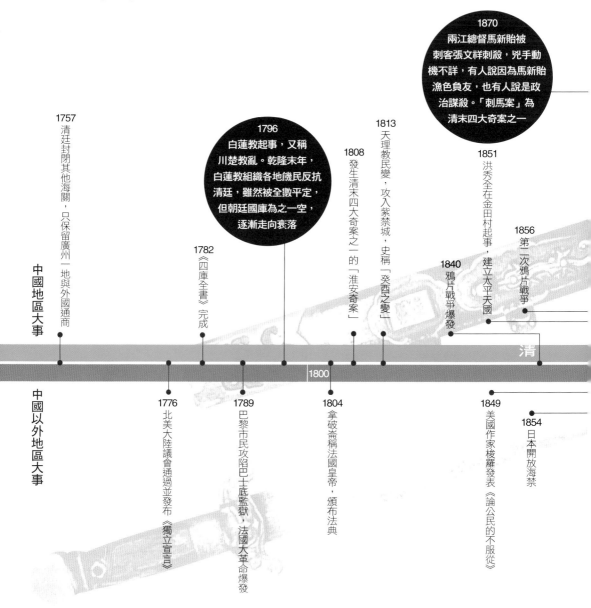

1870
兩江總督馬新貽被刺客張文祥刺殺，兇手動機不詳，有人說因為馬新貽漁色負友，也有人說是政治謀殺。「刺馬案」為清末四大奇案之一

1796
白蓮教起事，又稱川楚教亂。乾隆末年，白蓮教組織各地饑民反抗清廷，雖然被全數平定，但朝廷國庫為之一空，逐漸走向衰落

1813
天理教民變，攻入紫禁城，史稱「癸酉之變」

1808
發生清末四大奇案之一的「淮安奇案」

1851
洪秀全在金田村起事，建立太平天國

1856
第二次鴉片戰爭

1757
清廷封閉其他海關，只保留廣州一地與外國通商

1782
《四庫全書》完成

1840
鴉片戰爭爆發

中國地區大事

中國以外地區大事

清

1800

1776
北美大陸議會通過並發布《獨立宣言》

1789
巴黎市民攻陷巴士底監獄，法國大革命爆發

1804
拿破崙稱法國皇帝，頒布法典

1849
美國作家梭羅發表《論公民的不服從》

1854
日本開放海禁

TOP PHOTO

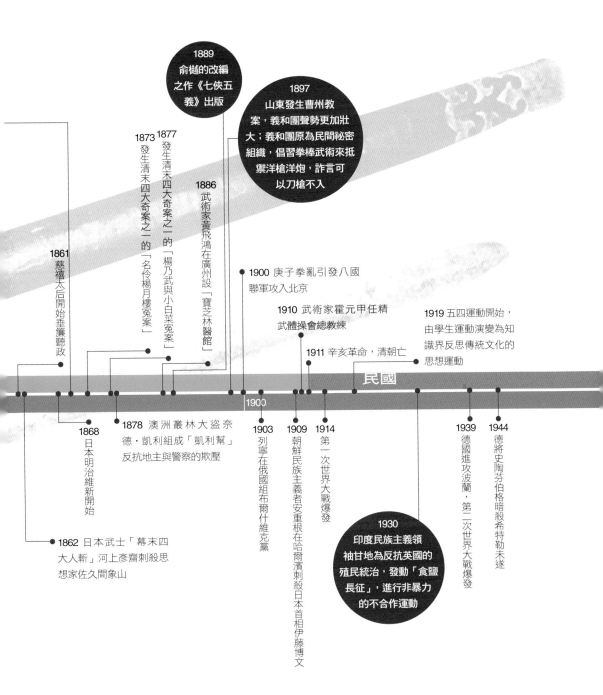

1889
俞樾的改編之作《七俠五義》出版

1897
山東發生曹州教案，義和團聲勢更加壯大；義和團原為民間祕密組織，倡習拳棒武術來抵禦洋槍洋炮，詐言可以刀槍不入

1873 發生清末四大奇案之一的「楊乃武與小白菜冤案」

1877 發生清末四大奇案之一的「名伶楊月樓冤案」

1886 武術家黃飛鴻在廣州設「寶芝林醫館」

1861 慈禧太后開始垂簾聽政

1900 庚子拳亂引發八國聯軍攻入北京

1910 武術家霍元甲任精武體操會總教練

1919 五四運動開始，由學生運動演變為知識界反思傳統文化的思想運動

1911 辛亥革命，清朝亡

民國

1900

1868 日本明治維新開始

1878 澳洲叢林大盜奈德·凱利組成「凱利幫」反抗地主與警察的欺壓

1903 列寧在俄國組布爾什維克黨

1909 朝鮮民族主義者安重根在哈爾濱刺殺日本首相伊藤博文

1914 第一次世界大戰爆發

1939 德國進攻波蘭，第二次世界大戰爆發

1944 德將史陶芬伯格暗殺希特勒未遂

1862 日本武士「幕末四大人斬」河上彥齋刺殺思想家佐久間象山

1930
印度民族主義領袖甘地為反抗英國的殖民統治，發動「食鹽長征」，進行非暴力的不合作運動

這些作品的事情
About the Works

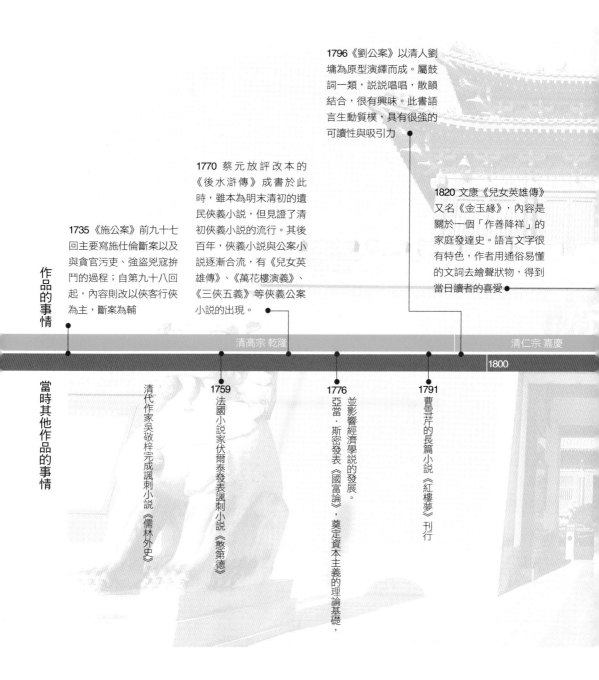

1796《劉公案》以清人劉墉為原型演繹而成。屬鼓詞一類，說說唱唱，散韻結合，很有興味。此書語言生動質樸，具有很強的可讀性與吸引力

1770 蔡元放評改本的《後水滸傳》成書於此時，雖本為明末清初的遺民俠義小説，但見證了清初俠義小説的流行。其後百年，俠義小説與公案小説逐漸合流，有《兒女英雄傳》、《萬花樓演義》、《三俠五義》等俠義公案小説的出現。

1820 文康《兒女英雄傳》又名《金玉緣》，內容是關於一個「作善降祥」的家庭發達史。語言文字很有特色，作者用通俗易懂的文詞去繪聲狀物，得到當日讀者的喜愛

1735《施公案》前九十七回主要寫施仕倫斷案以及與貪官污吏、強盜兇寇拚鬥的過程；自第九十八回起，內容則改以俠客行俠為主，斷案為輔

作品的事情

清高宗 乾隆

清仁宗 嘉慶

1800

當時其他作品的事情

清代作家吳敬梓完成諷刺小説《儒林外史》

1759 法國小説家伏爾泰發表諷刺小説《憨第德》

1776 亞當・斯密發表《國富論》，奠定資本主義的理論基礎，並影響經濟學説的發展。

1791 曹雪芹的長篇小説《紅樓夢》刊行

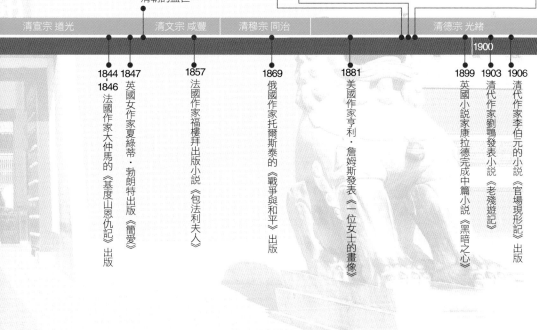

1889
俞樾初見《三俠五義》，改編為《七俠五義》，寫包公斷案與威化豪俠之過程。並加上艾虎、智化、沈仲元等三人，共為七俠

1890
《小五義》最早版本「北京文光樓刊本」印行。中心人物為包公門生顏查散，在主要的俠義人物中更增加了幾個晚輩義士。

1891
《續小五義》最早版本「北京文光樓刻本」印行。北宋時，諸俠助朝廷平反叛亂，各獲封賞。《七俠五義》及其續書至此告終。

咸豐年間石玉崑的《三俠五義》是關於三俠五義輔助包拯除暴安良、懲奸除惡的故事。石玉崑說三俠五義很受歡迎，其口述內容由弟子和聽眾記錄成冊，名《龍圖公案》或《忠烈俠義傳》

楊德茂《大八義》又名《大宋八義》，內容是宋代時，八位俠義之士遭奸相蔡京等人陷害，繼而雙方惡鬥的故事，最終八義金盆洗手，退出武林

貧夢道人《彭公案》內容偏重於俠義，緝匪平叛成為中心事件，清官斷案反而退居其次。小說中的俠義英雄李七侯、黃三太、歐陽德等人深得百姓喜愛

唐芸洲《七劍十三俠》內容寫明武宗年間，賽孟嘗徐鶴等十二英雄聚義，劫富濟貧，除暴安良，後在七子及十三生的幫助下，平定叛亂

1850 姜振名《永慶昇平》以清初經濟繁榮，政局穩定為歷史背景，內容再以鎮壓天地會八卦教等反叛勢力為主要事件，最終以永慶昇平作結，藉以宣揚清朝的盛世

清宣宗 道光　　　　清文宗 咸豐　　　清穆宗 同治　　　　　　清德宗 光緒

1900

1844-1846
法國作家大仲馬的《基度山恩仇記》出版

1847
英國女作家夏綠蒂‧勃朗特出版《簡愛》

1857
法國作家福樓拜出版小說《包法利夫人》

1869
俄國作家托爾斯泰的《戰爭與和平》出版

1881
美國作家亨利‧詹姆斯發表《一位女士的畫像》

1899
英國小說家康拉德完成中篇小說《黑暗之心》

1903
清代作家劉鶚發表小說《老殘遊記》

1906
清代作家李伯元的小說《官場現形記》出版

這本書要你去旅行的地方
Travel Guide

開封

● 開封府

北宋時的京城，號稱「天下首府」，規模宏大，氣勢雄偉，現今的開封府為近代所重建。《七俠五義》便是講述包拯任開封府尹期間懲奸除惡的故事。

開封府 提供

● 大相國寺

中國漢傳佛教十大名寺之一，始建於北齊。至北宋時期，大相國寺的地位和規模達到鼎盛，成為皇家寺院。《七俠五義》中，包公的助手公孫策，原是流落於大相國寺的落魄秀才。

TOP PHOTO

● 龍亭

北宋的皇城宮殿富麗輝煌，可惜後來被金人燒毀，如今遺址上只留下清代所建的龍亭。「狸貓換太子」的故事，就是發生在皇城內李妃居住的玉宸宮裏。

天津

● 茶館

天津有許多茶館仍保留著相聲、說書、唱戲的傳統表演。清代石玉崑就是天津有名的說書藝人，他在茶館裏說唱包公的故事，被後人編為《七俠五義》。

襄樊

TOP PHOTO

● 襄陽古城

位於襄樊市漢江南岸，城北、東、南由漢水環繞。襄陽古城始建於漢，是歷代兵家必爭之地。《小五義》的故事中，白玉堂等人曾下襄陽捉拿謀反的襄陽王。

常州

● 武進

江蘇武進東安鎮余柯村，宋代曾叫遇杰村，傳說南俠展昭即出自該村。歷朝歷代，這裏的民眾都崇尚習武，展昭所使的「陽湖拳」，便是創始於常州。

上海

● 松江

松江古稱華亭，是江南著名的魚米之鄉。據說五鼠所住的陷空島，就位於松江。

蘇州

● 曲園

《七俠五義》改編者俞樾的故居。俞樾在蘇州購地建宅，疊石鑿池，栽種花木，命名為曲園，並自號曲園老人。

● 包公墓

原位於合肥市東郊大興集，1973年，由於當地鋼鐵場擴建，包拯墓被迫遷走。在搬遷的過程發掘出包拯及其子孫六人的墓誌，以及包拯遺骨與部分陪葬品。現存於新建的包公墓園。

合肥

● 包河

位於合肥市廬陽區。相傳宋仁宗把合肥南邊的一段護城河賜給包拯，當地人便把這裏稱為「包河」。

TOP PHOTO

● 包公祠

全名「包公孝肅祠」。位於包河的「香花墩」島上，明代曾在此建「包公書院」，後改為包公祠，陳列了包氏族譜、墓碑、包公墨跡等文物。

TOP PHOTO

目錄 効忠與任俠 七俠五義
Contents

封面繪圖：麥震東

導讀

張大春

作家及電台主持人、曾任教輔大中文系講師、受邀為美國IWP訪問作家、香港嶺南大學駐校作家。
著有《富貴窯》、《認得幾個字》、《聆聽父親》、《小說稗類》、
《少年大頭春的生活週記》、《春燈公子》、《戰夏陽》等等。

要看導讀者的演講，請到ClassicsNow.net

石玉崑 字振之，號問竹主人，咸豐時天津人，乃清代著名之評話家、說書人。作者群依據石玉崑當時說話的《忠烈俠義傳》（亦稱《龍圖公案》）為底本，輯錄成《三俠五義》，對人民的生活有深刻描繪，亦對包公之正直與俠客義士的鋤強扶弱有正面的讚頌。書中前段敘述宋真宗時劉妃貍貓換太子之事，繼而再述包公斷案之過程，雖稍加組織與穿插，卻仍多因襲前人。但到了三俠、五鼠的故事，內容即顯得活躍生動，令人著迷。此書後為俞樾所見，在改作時除了原書的展昭、歐陽春、丁兆蘭、丁兆蕙之外，復加上艾虎、智化、沈仲元三俠，共為七俠，故更名為《七俠五義》，續而傳之，在江、浙之間十分盛行，從此之後，《三俠五義》便很少為人所注意了。

TOP PHOTO

（上圖）說書是由唐代的講經、講史演變而來，說書之人也由最早的僧人講經逐漸衍生為一種職業。話本小說的形式，便是由說書而來。（右圖）鄭問《刺客列傳·專諸》插畫。「俠」最初的概念，便是由《史記·刺客列傳》中對於人物信義形象的描寫而始。

《七俠五義》或者是《三俠五義》，最早問世於光緒五年，當這本書以紙本出現在這個世界上的時候，它的原始作者，或者說其作者群是不存在的。也就是說，原始作者，第一個創發者——石玉昆（一作崑或崐）——已經死了。

石玉崑是一個說書人，經歷了一生以後，留下來並不準備要公諸於世的家私活兒，他自己掙錢的買賣，由於說書說得太精采了，在他去世之後被欣賞這故事的人，以及想要賺錢的人發掘出來，在市面上流通。換言之，這本原先可能永遠不會出版、刊行、流通的書之所以問世，顯然和許多其他同類型的作品遇到了同樣的命運，就是「意外」！

從說書到成書

說書人本來就是按日子上瓦舍、上茶館、上書場去說給人聽，聽一段兒覺得不過癮，明天再去聽，後天再去聽。整部書不僅要說很長的時間，而且他每重說一次，一定和前一次所說的，以及和下一次所說的不同。之所以不同是因為讀者在書場當中，和作者分享的同一當下的語言環境不同。作者會根據現場的氣氛，增加或者是減少他原先在自己腦海裏面所校訂過的稿本。

在那樣一個行當裏，原先沒有一個說書人會認為他的作品「應該」有一個完整的、完全的定本，它不存在。可是一旦付梓，成為印刷品，這個「定本書」就存在了。

在今天，出版了一部書的作者以及關心此書的評論者、研究者和比較專注的讀者總會注意以及在意：哪一個版本的書是最正確、最完整、最不辜負作者「原意」的書版。我們很少會問：「定本」這個概念是怎麼出現的？我個人以為，近代以來，西方思潮進入中國，開始講究藝術的「創造的意義」。百多年來，從事藝術工作的人們——當然包括寫作的人——也承襲著這個大潮的衝擊。於是，我們有了「我」來創作、「我的創作」、「我創作的意義與價值」以及「我的

說書 又稱評書，古時稱為說話，是一種口頭講說的表演形式，於宋代開始流行，說書人各自以母語對聽眾說著不同的故事，成為了方言文化的一部分。歷來很多經典作品最初都是說話的底本，如《三國演義》話本為《全相平話三國志》、《水滸傳》底本則為《醉翁談錄》。由於俠義類故事淺顯易懂的語言表現，生動曲折的故事情節，直接造成許多古典俠義公案小說及相關續書的陸續出現。此外，評書中的開場詩，或是「且聽下回分解」這一類的用詞，都深深影響了明清的小說。霍四究以說三國故事聞名，「不以風雨寒暑，諸棚看人，日日如是」，可知他受歡迎的程度；明末清初出現的說書家柳敬亭，拜對說書深有研究的莫後光為師，學有所成之後至南京的長吟閣說書，自此聲名遠播，將說書藝術推向了高峰。

TOP PHOTO

（上圖）戰國時代出土的鎏金嵌玉鑲琉璃銀帶鉤。帶鉤流行於戰國時期至兩漢之間，當時帶鉤是貴族、文人武士等人身分的表徵。

版本」、甚至「我所擁有的著作權」等等概念。作為作者的「我」就變成了多重跟市場有關的身分，所以我們才會講究這個作品是不是已經修改好了，可以問世了嗎？是不是在再版的時候再校對、增訂、改錯，讓它更「趨近完美」。金庸先生花了很多的力氣所修改的作品，大家不見得喜歡。道理很簡單，他腦子裏的「定本」和讀者手裏的「定本」是不同的。

之所以講到這一點，也得回溯到在我所服務的電台說《七俠五義》這本書的時候的一些體會——說書人這一行原本是沒有「個人創（著）作權」這個概念的。他也許會有「獨傳之秘」或「不傳之秘」，但是他所處理的故事材料是與所有的同行和觀眾（聽眾）共享、共有的。先拈出這個性質，是要強調：說書人總是和他的同行反覆分潤各種材料，而從不以為世間有什麼獨力完成、定於一尊而完全「為我所有」的故事。

「言必信，行必果」的人格特質

中國的俠，或者是中國的俠義也是基於在一個共享、共有的背景、價值觀，以及思想傳統而形成的。

「俠」這個字出現得很早，擁有我們今天大致上認定的意義則要到漢以後。在《韓非子》裏面有一句我們非常熟悉的話語：「儒以文亂法，俠以武犯禁」，這十個字到了司馬遷的《史記》裏面，就有了延伸及反對的說法。我們攤開《史記》的目錄，第八十六卷的《刺客列傳》，再翻開第一百二十四卷，又出現了一個《游俠列傳》。

這兩個列傳前後差了將近四十卷，雖然分別在列傳當中互不相涉，可是它們看起來有一個相互承接的關係。我們不免

（上圖）清末 馬駘《馬駘畫
寶》豫讓刺衣插畫。
豫讓為春秋時代晉國名卿智伯
的家臣，智伯為趙襄子所害
後，豫讓多次行刺趙襄子皆未
成功，最後被擒，他請求趙襄
子將外衣脫下，讓他行刺，爾
後自刎身亡。

會覺得這跟後世多少把俠客和刺客都使用武術或者武器來遂
行其意志有關。其實未必然。

在《史記》當中，我們追究《刺客列傳》列舉的幾個人
物，他們的行為是在那個時代發出了一個特定的光芒，使得

司馬遷在帝王以外、聖賢以外、將相以外，特意為這類人物列了一個傳，他們是什麼人？讓我們先看刺客裏的頭一號人物：曹沫。

曹沫和魯國的國君一起出席在「柯」這個地方所舉行的盟會，齊桓公也參加了，這一次的盟會就是齊國和魯國談判如何保有兩國的和平，同時齊國也要確認在前面的三次大戰當中，魯國割讓給齊國的土地。魯國當然希望收回其中一部分的土地。在盟會進行到半途的時候，曹沫突然衝上前去掏出匕首，架在齊桓公的脖子上說：「齊強而魯弱，貴國侵略我國也太過分了。現在城牆一旦遭到破壞，就緊臨齊國的國界了。國君！你也該想一想罷？」

齊桓公在利刃脅迫之下，不得不答應。司馬遷這樣形容，曹沫把匕首往地上隨便一扔，走下盟壇，朝著北面，站在群臣的行列裏，臉色不變，說起話來也像什麼事都沒有發生過一樣。這個時候齊桓公憤怒而後悔了。可是管仲卻阻止他反悔，管仲說：「這不可以，主公為了貪圖些小利，為了這幾塊土地而失信於諸侯，是會被天下人恥笑的。」這番話說完後，齊桓公認命了，魯國成功地保有了自己的國土。

為什麼曹沫會被寫入《刺客列傳》？爾後的專諸、豫讓、聶政、荊軻等四人，無論他們的刺殺行動成功與否，無論他動手的時候是不是很窩囊，無論他是不是以身殉，起碼他們都還真的幹了一場，那曹沫只不過威脅了談判對手國的國君，憑什麼進入《刺客列傳》？

TOP PHOTO

（上圖）《天工開物》中關於兵器鑄造的插畫，圖為製造「連發弩」。

實際上進入《刺客列傳》展現其作為卷首人物風範的，不僅是曹沫，還有管仲和齊桓公。因為重點不是在「以力劫之」的過程，不是在匕首、武術，而是在「柯」那一次雙邊會議盟壇上所展現的人的價值。刺客原先沒有太多的道理，沒有太多精神的面目，他就是一個──我守信、我忠於我所答應的事，無論我答應的這個對象是好人、壞人；是得勢的人、失勢的人；是應該得到權力的人，還是不應該得到權力的人。

　　也就是說從曹沫把匕首一丟，回到群臣當中談笑自若。他所表現的這個風度好像是說：「我相信你。」也許有人會認為這裏最偉大的是管仲，要不是管仲，齊桓公就背信了，要不是齊桓公不願意背信，魯國公和曹沫就會被殺了。但是，曹沫把匕首一丟，就是他認為這個「信」是最高、也是最重要的。

　　我們知道：豫讓刺殺趙襄子，第一次沒有成功，第二次又沒有成功。趙襄子在第二次遇刺的時候，這裏面有一個小細節：豫讓在自己的臉上塗了漆，結果因為皮膚得不到呼吸而滿臉生瘡，連他妻子都不認識他了。他的一個朋友──比妻子還要熟悉他──認出了豫讓。這個朋友勸他說：「以你的能力委身去事奉趙襄子，襄子必定會親近、寵愛你的；等他親近、寵愛你了，你就可以為所欲為，這樣不方便嗎？何必殘害自己的身體以至於此呢？」

　　豫讓說：「既然已經委身事人、做人臣子，還想殺他，這就是心存不忠了。我這樣做雖然很麻煩，但是我就是要讓天

（上圖）戰國時期楚國銅劍。

下後世做人臣子、卻存著不忠之心的人知道這是可恥的呀！」

用心不二

　　豫讓的信義是對自己的承諾，這個承諾為「刺客」，又在曹沫、管仲、齊桓公之上增加了一個思考內容，就是沒有二心、專一。今天我們告訴孩子專一是要上課認真聽講，可是這裏有第二個層次，就是不讓自己的意志產生攪擾和混亂。一般我們為達成一個目的，要進行一個手段，如果這個手段和意志有衝突，結果他又順性遵行了他的手段，我們會說這個人的目的被他的手段異化了。但是豫讓不允許這樣，他要一心之下只做一件事情。

　　然後我們看到聶政，他又不同了。豫讓還會想到要把自己的名字留下來，作為一個「用心不二」的典範。可是到了聶政的時候，更加極致。聶政殺人是受嚴仲子所託，為了不連累嚴仲子，他在刺殺了嚴仲子的對頭、韓國的宰相俠累之後，把自己的臉皮割下來，連眼睛也挖掉，避免連累嚴仲子。後來，聶政的姐姐聶榮（嫈）高呼了三聲「天」，揭露了聶政所想要埋藏的秘密，也死在現場。我們看聶政就知道，他比豫讓更進一步，豫讓要把自己的名字留下來，可是到聶政連名字都不要留下來，連名聲都可以不要了。

　　荊軻更是一個奇特的例子。歷史上罵荊軻、罵太子丹的，大概都是對秦始皇不滿，在秦始皇沒有登基的時候把他殺掉，事情不就解決了嗎？歷史不就改寫了嗎？

　　在《荊軻列傳》當中有這麼一段非常短的敘述：荊軻到榆次這個地方去求見蓋聶，當時蓋聶已經是知名的劍師，對劍術和武學有非常精深的理解，甚至還有很多學生。荊軻作為一個散漫的游俠，到處結交朋友，就是想認識這個人，跟蓋聶談談劍術，談著談著兩個人產生不愉快就翻臉了，蓋聶用銳利的眼神懾服了荊軻，荊軻一看敵不過，就跑了。有人懷疑荊軻在刺秦王之前，一直想等待的幫手就是蓋聶。蓋聶

TOP PHOTO

（上圖）聶榮，聶政之姐。聶政行刺事發後，聶榮指認弟弟屍首，撫屍痛哭，隨後亦自盡於聶政身旁。

TOP PHOTO

始終沒有再出現過，太子丹急了，想要任命秦舞陽。但是太子丹又不好明説荊軻是貪生怕死，就表示：想讓秦舞陽自行完成這一項任務。荊軻知道了，怒斥之：「你怎麼這麼沉不住氣，你打發這樣一個人，冒冒失失前去，當然不能達成任務，不過是白饒上一個『豎子』而已。」就這樣，荊軻明知其不可為而負氣以去。試問：荊軻是如何呼應曹沫的呢？他所呼應的不是那一把匕首，也不是刺殺行動，而是一個單純的字──「信」。因為荊軻已經答應太子丹，我答應你，你現在逼我去做我一定會失敗的，但我也去，我去是為了失敗嗎？就結果來看可能是。但是另一方面就是為了我答應你，接下來這個任務非完成不可，不能完成就死，以死報信。所以刺客沒有什麼了不起，就是信。

游俠所造成的社會影響力

可是到了《史記》的第一百二十四卷，列傳接近尾巴了，突然出現一個《游俠列傳》。寫的主要人物是兩個，還有一個次要人物，也就是這三個有事蹟的人物，以及一群只列了名字沒有事蹟表現的人。這些人是怎麼一回事呢？

這三個人物當中寫得最詳細的是郭解，可是我們要先看

（上圖）聶政刺俠累插畫。聶政為酬嚴仲子的知遇之恩，替嚴仲子行刺政敵俠累。為避免累及姐姐聶榮與嚴仲子，行刺失敗後毀容自盡。

俠客與他們的絕技

江湖之中臥虎藏龍，俠客們必須憑恃著絕技專長才能與高手過招、行走武林——聶政以長劍狙韓相，荊軻藏匕首刺秦王，張三丰創武當太極拳，王正誼握單刀闖綠林。北大陳平原教授説：「劍不只是一種殺人利器，而且是一種大俠精神的象徵，一種人格力量乃至文化傳統的表現」，俠和他們所使用的武器是密不可分的，寶劍的瀟灑、大刀的豪氣、匕首的矯捷……這些絕技與武器，為每個俠建立了其獨特的形象。

聶政

絕技：長劍

事蹟：聶政是戰國時期的著名刺客，生卒年不詳。《史記·刺客列傳》裏記述了他受嚴仲子之託，持劍刺殺韓相俠累的故事。他婉拒嚴仲子以車騎壯士加以保護的提議，認為人多反而容易壞事，堅持隻身前往狙擊。當他手持長劍、直搗敵營後，一個箭步便衝上台階刺死俠累，接著又迅速擊殺左右護衛數十人。然而寡不敵眾，為保護與他面貌相似的姊姊聶榮，他在自殺前又以同一把劍刺毀顏面並剜去雙目，使自己的面容難以辨認。聶政之後被曝屍於市，直到其姊前去認屍，眾人方知刺殺韓相者為聶政，因而傳世。

荊軻

絕技：匕首

事蹟：荊軻（？～公元前227年），又稱荊卿，為戰國時期的著名刺客。公元前227年，荊軻受燕國太子丹之託，帶著燕國督亢的地圖與樊於期的首級覲見秦王，預謀刺殺秦王。當秦王高興地接見荊軻，打開地圖、圖窮匕現之際，荊軻瞬間以左手攫住秦王衣袖，右手持匕首準備行刺，卻在混亂之中反被秦王以長劍砍傷，接著遭到一擁而上的武士們殺害，刺秦之計終告失敗。雖然計畫失敗，然而荊軻卻以壯士之名傳世，其生平事蹟見於《史記·客列傳》中，唐詩人駱賓王亦吟「此地別燕丹，壯士髮衝冠。昔時人已沒，今日水猶寒。」緬懷其成仁壯志。

張三丰

絕技：武當太極拳

事蹟：張三丰（1247～1458），本名通，字君實，為全真道士，他自創武當太極拳，為武當派的開山祖師，相傳他跨越南宋、元、明三代，逝世後，明英宗賜號為「通微顯化真人。太極拳是張三丰的絕技之一，結合了他的道家思想與內丹功法修煉，注重渾厚內力的修養，強調以柔克剛、以靜制動的特質，其精妙處在於變幻莫測、靜以寓動，在看似綿軟的姿態裏，蓄積著隨時爆發奔騰的充沛能量。

這樣的絕頂高強的武功也反映了張三丰的深厚內力，因而於武林中所向披靡，無人與之匹敵。

王正誼

絕技：單刀

事蹟：王正誼（1854～1900），字子斌，為清末的武林大俠，曾為了拜知名雙刀李鳳岡為師，長跪於李門外只為顯現求師學藝的決心。由於在李鳳岡的門下排行第五，並且以單刀絕技聞名，因而別號大刀王五，梁啟超則稱他為「幽燕大俠」。

他常使用的武器是一把環柄大刀，大刀看似厚重，然而在王五的舞弄下卻顯得輕巧又剛勁有力，他的刀法純熟迅速，總是在敵人不及反應的瞬間便砍向要害。

他帶著這把刀行俠仗義，不僅在戊戌變法失敗後的風聲鶴唳裏挺身為譚嗣同收屍，之後更率領綠林豪傑與八國聯軍浴血奮戰，遭到槍殺後，頭顱被懸掛於城門示眾。

文昶元 繪

朱家。朱家這個人是豪俠，有經濟實力，結交朋友，能分恩遇。郭解和朱家看起來好像一對雙胞胎一樣，他們的行事是完全一致的，他們的遭遇和命運也非常雷同。朱家被漢景帝所殺，為什麼要殺他呢？因為以他們個人的影響力以及施恩、濟貧、結交流民，而成為了王朝的重大威脅。

在郭解身上也有這樣的鋒芒。這個人不喝酒，長得很矮小，力氣也不大，不像我們刻板印象之中的俠，反而有點像個丑角。但是在他的故事裏，我們看到：當他姐姐的兒子仗恃著他的名字，勸人飲酒，逼人飲酒，以至於兩個人產生衝突，被對方殺了。這個時候郭解把殺死自己外甥的兇手找過來，一問之下，發現原來是自己的外甥倚豪勢、鬥剛強、假借郭解的名字，看來也一貫是個橫行鄉里的人物。於是郭解就把那個人放了。

這個故事凸顯了在漢代沒有刺客容身之地的情況下，作為一個社會的遊民，作為一個想要發揮社會影響力的人，他只能走上這條路。這條路還不是人人可以走，如果沒有財力，你無法分錢給人，不能捨棄親情，你就沒有辦法交好鄰里、影響野鄙、結識陌生人。在漢代，游俠開始變成風氣，變成一種風尚了，他出現於經濟的實力有著重大落差的時候，也就是説有人能夠累積生產工具、資本、產業，或者累積人脈和社會關係，有人能夠這樣做，有人不能，而且這個差距越大，希望改善自己狀況的需求就會越強烈。游俠的出現就是在其中重新分配社會和國家資本的那些人。當漢武帝發現他的整個大帝國到處都是游俠的時候，便採取了一個行動，把全國之豪富——也就是家財達到某個數字以上的，全部移到了長安附近的茂陵，開闢一個新市鎮，就近看管約束。

很多人不願意去，郭解就是其中之一。他説我們不能搬家，我不是豪富，因為錢都分給人家了。這個時候大將軍衛

TOP PHOTO

（上圖）山東平陵城出土的漢代「萬歲富貴」瓦當。漢武帝時，為了加強中央集權，勒令遷徙郡國富豪及游俠至茂陵、雲陵，以削弱地方勢力。

（左圖）漢墓壁畫之「廩」，也就是穀倉。莊園制度於戰國至漢代迅速發展，而現今出土的漢墓壁畫及明器皆忠實呈現當時莊園生活的情景，擁有大批私人奴僕，甚至有自己的軍隊。因此漢武帝才會令郡國富豪及游俠遷徙以便集中管理。

「刺客」和「游俠」 始見於先秦兩漢時期，此兩種人格特質也形成中國文學中獨具魅力的人物形象。在春秋戰國養士、用士之風盛行的催化下，成就了刺客這類人物的出現。刺客注重的是感情，強調有恩必報，他們不見得有固守的原則和遵循的理念，卻肯為了伯樂而犧牲自己的生命。刺客沒有獨立的地位，常依附於權貴門下，成為專為恩主行刺之人，也因此刺客的作為經常驚天動地，所謂「不鳴則已，一鳴驚人」就是刺客的最佳寫照。游俠乃居無定所之俠者，常以「行俠仗義」為己任。在浪跡天涯之際，路見不平即拔刀相助，可知多為鋤強扶弱、劫富濟貧之輩。與刺客不同的是，游俠不論是依附權貴或是獨力行走江湖，皆可以依照自己的原則和理念行事，有些行為雖不免受人非議，但能用自己的方式來實現理想，仍舊令人激賞，《史記》與《漢書》均為游俠立傳。

青跑去跟漢武帝説，郭解家裏沒有什麼錢啊，沒有必要搬家吧。漢武帝説：能勞煩大將軍來講情怎麼能説他沒錢呢？可見他一定有錢了。衛青不敢再説下去了。於是郭解便被勒令搬遷到茂陵去，百般無奈之下，他就逃亡了。逃亡的過程當中也有很多人追殺他，也有很多人幫助他——這應該是另外一個尚未被人寫出來的動人故事；一個亡命天涯的漢代游俠。

上文提及刺客都有政治意圖，無論是篡位還是滅國等等，但是游俠只想表明一件事，不蓄私財，或者是由於分財所造成的社會影響力，是足以影響到一個王國的。所以游俠對政治的核心，甚至核心價值有強烈的威脅。為什麼呢？司馬遷講得很清楚，他在《游俠列傳》描述了俠的人格特質。他説第一個，你會發現他們言必信，行必果，像豫讓，已諾必誠，不愛其軀。不僅如此，後面還有幾句話更加重要——赴士之阨困，既已存亡死生矣，而不矜其能，羞伐其德。存和死是兩個動詞，是把已經亡掉的存下來，讓死掉的活過來。已經做到這麼多的事情，還不能認為這是自己的德行，名也不能要，更不要説利了。德不能占，名不能要，功不能居，就是為了答應這個人，解決這個事就消失了。由於在最深刻的動機上，俠是沒有儒家那樣進取俗世的精神的，不論在表現上如何仗義守信、濟弱扶傾，俠的根本信仰和他的身世、行腳一樣，都有一點飄忽、有一點萍蹤不定；是以他不能等同於救苦救難的英雄，不能有神通、不能有法力，他最卓越的神通法力應該是遠

離人群、遠離功名、遠離世俗的洞見。

七俠的人物瓜葛

　　《七俠五義》原名為《三俠五義》，是把南俠、北俠、雙俠──即把丁兆蘭、丁兆蕙兩個雙胞胎兄弟算成一個，就是這四個人。可是到了清代俞樾的手上，他把這個名字改成了《七俠五義》。同時把「貍貓換太子」的情節也修改了一部分，「打龍袍」的段子也做了一點點修正，讓整個《七俠五

TOP PHOTO

（左圖）清 吳友如《紅線》。紅線的故事出於《唐傳奇》。其原為薛嵩的侍女，為了替主人化解困境而以飛天之術潛入敵人家中，予以警告，事成後決定離開塵世，離居修行。故事中對於紅線的描述充滿了俠義精神。

（上圖）清末儒學大師俞樾。
俞樾修訂《三俠五義》之俗
訛部分，並更名為《七俠五
義》。

義》的前半段有一個類似法庭審判劇的影子，之後才慢慢地
引出了這些俠客的行動。

　　如果以俠客的出身來看，包公最早認識的一個俠客是展
昭，當時包公還不能稱「公」，只是個進京趕考的舉子，在
酒樓上一見這個人「疊暴著英雄精神」，上前就認識了，喝
了一攤酒。爾後包公幾番遇險，都是展昭救的，而且幹了護
駕救難的大事，展昭還不支領國家的薪水，為什麼呢？因為
展昭非常有錢，家裏也沒有兄弟跟他分財產，讓他能夠闊綽
地行走於江湖之中。

　　除了展昭之外，我們再舉一個例子：一位叫艾虎的小俠。
艾虎是襄陽王王府出身的書僮，從閒筆淡墨的寥寥幾點勾
勒，我們可以勉強拼湊出艾虎一路成長的經歷。我們不難發
現：他是一個小酒鬼！才十二三歲，走到哪兒就喝到哪兒；

無酒不歡,無醉不歸。這個小酒鬼如何擔當得起俠名呢?說
穿了也很簡單:他判斷這個人是好人,就幫他;是壞人,就
殺之。不要忘記:他還只是個青少年,很像趙令時的《侯鯖
錄》所描述的唐代名將英公李勣:「我年十二三時,為無賴
賊,逢人則殺;十四五時,為難當賊,有所不愜者殺之。」

　　再說「陷空島五鼠」,就是盧方、韓彰、徐慶、蔣平和白
玉堂。白玉堂在這五位俠客裏面,是最溫馴的,也看起來最
瀟灑,用現在的話說甚至有點羅曼蒂克,而且非常理想主
義,很自我中心。從他所做的一些事情來看,你會發現白玉
堂是一個交上朋友之後,他就要為對方負責到底的人。倒是
他心目中的對頭展昭,在這個故事當中還沒有被這麼人性化
地描寫過。

　　展昭最出色的一場戲,就是和他日後的妻子丁月華比武,

（上圖）開封府俯瞰。在《七
俠五義》中,開封府代表了皇
權的統治。

29

丁月華把他前襟給削斷了，而他則先一步用劍尖鉤下了丁月華的耳環。此後兩人交換了「巨闕」、「湛盧」二劍作為彼此訂終身之盟的信物，此後，展昭就沒有什麼故事了——他結婚了、當官了、受封了、沒戲了！

我們看到展昭和白玉堂的關係是得經過一個非常緩慢的漸進過程的，首先你會同情展昭，展昭幫助包公處理很多大小江湖上的事物，可是，白玉堂為什麼不跟著其他三個哥哥——老大盧方、老三徐慶、老四蔣平，一起到皇帝面前接受招撫，像展昭一樣領取任命，也都封了四品帶刀護衛，都當上官了。他之所以在一開始的時候總要和開封府為敵，表面上的理由當然是針對「御貓」——展昭，這個經由皇帝親口讚嘆而一言定鼎的外號。這個外號太欺負陷空島的老鼠了！

與皇權的斷裂

可惜的是，石玉崑始終沒有強化這種對立。他只象徵性地藉由五鼠裏的老二——「徹地鼠」韓彰——之長期失蹤，來暗示江湖俠客中畢竟有「連皇帝也摸不得頭」的人物。

作者的安排是這樣的：展昭為了救中毒鏢受傷幾死的張龍、趙虎，曾經讓蔣平去騙韓彰拿到解藥，從展昭和包公的立場上看，蔣平必須如此，是具有正當性的。但是從五鼠的角度來看，蔣平所幹的是欺師滅祖的事，他背叛了和自己盟誓的兄弟，這怎麼可以呢？韓彰的情感點明了這個衝突不只是兄弟之間、裏外之間，還有朝堂與江湖之間、權力與非權力之間的抗衡。然而這個角色太弱，不足以挑起此一「抗禮」之勢，這時我們必須將韓彰和過早殉身的白玉堂，以及貫串全局，始終沒進過開封府一步的歐陽春連在一起琢磨。

北俠歐陽春的功夫不在展昭之下，還有一把九環寶刀，他最大的特點就是不進開封府。歐陽春不見得認同開封府「群

TOP PHOTO

（上圖）今河南省開封府的鳴冤鼓。早在唐代，便有讓百姓擊鼓伸冤的設置，稱為「登聞鼓」。此制度從唐至清皆未改變，成為司法制度中重要的一環。

美士　釧陳

TOP PHOTO

俠集團」的所作所為——比方說，在蔣平等人的謀劃之下，
明明沒有明確造反逆謀的襄陽王趙玨被栽了一贓，「群俠」
居然從大內的寶物庫中，盜出九龍珍珠冠來藏匿於襄陽王私
宅的沖霄樓上，作為他謀反的證據。是以即使歐陽春不時地
現身，成為「群俠集團」外圍的武力奧援，也是酒鬼小俠艾
虎的義父，但是我們可以明確地發現：歐陽春有意疏遠開封
府。

　　我們也可以看到，韓彰消失很長的一段時間，幾乎找不
到機會回到我們的故事裏來。即使偶現萍蹤，也是因為收養
照料流離於鄉鎮之間的孤兒。這個人的行徑看起來不像個持
刀仗劍、逞武論義的武俠人物。這正是石玉崑有意為之的對
比。說明這流傳了近千年的「朴刀桿棒」的類型小說，不只
有刀光劍影。

　　我們甚至可以這樣想：當善惡如此分明、正邪如此對立

（上圖）《鍘陳世美》年畫。
《鍘陳世美》為地方戲曲的著
名戲碼，描述陳世美拋棄年長
雙親及妻兒，為追求名利而另
娶當朝公主，並欲遣人殺害元
配。陳世美之妻攔轎伸冤，包
公審理此案，秉持「王子犯法
與庶民同罪」的精神處決陳世
美。此故事同時亦表現了民間
投射於包公身上的正義形象。

31

傳統中國公案小說的特色 在於平反冤屈事件的過程，犯罪者的身分常在一開始便為人所知，若與西方推理或偵探小說做比較，其特色則在於透過情節之演進，逐一推敲、串連之後，使犯罪案件得以偵破，而歹徒犯罪的方法與原因，通常要等到案件偵破才會得知。小說中主角的差異也顯而易見，公案小說中的主角常是廉潔著稱的清官，具憂國憂民的特質；推理小說中的主角則往往是個獨行俠，多以細膩的心思去觀察犯罪者的手法，進而展開推理、偵破案件。

傳統中國公案小說幾乎缺乏推理方面的故事內容，曾任荷蘭職業外交官的高羅佩便利用過去中國小說使用過的一些情節，描寫一部中國風格的公案小說，《狄公案》一書因而問世。狄公迥異於傳統公案小說的青天大老爺形象，他不僅有獨到的辦案風格，更善於推理。此書在1950年代面世，在歐美引起熱烈的回響，狄仁傑被西方讀者喻為古代中國的福爾摩斯。

的時刻，一旦拔刀相向，那一般書場觀眾、聽眾必然會傾其心、同情的一方，恐怕非得是皇權的延伸不可。一旦如此，則作為正義之士的俠，非但只能直接、間接地淪為皇權之鷹犬、爪牙以外，且似乎更遙遙地悖反了太史公曾經揭櫫過的信念，一些極為單純的、不受勢劫利誘、不為高尚倫理所脅從的信念。我們也可以這樣說：當一個組織或者是一個號稱為俠跟義的人事結構，原來是屬於皇權延伸的時候，它就逆反了從《刺客列傳》到《游俠列傳》當中最重要的東西，那就是和皇權的斷裂。進一步看：如果在一切通俗文本的情感基礎上，和皇權為敵者已經注定是壞人，那麼如何在武俠的世界裏讓這本來簡明利索的鬥爭有更深刻的意涵呢？我們的說書人石玉崑知道這個世界上不能沒有壞人，要是沒有襄陽王，我們怎麼會有機會發現開封府的「群俠集團」裏也有令人髮指的怪獸呢？沒有壞人怎麼能顯現出好人的層次呢？

締造一個造反的理由

《七俠五義》設計了一個大壞蛋襄陽王。我們一直到《小五義》都不明白為什麼襄陽王要造

反。到最後我們都看完《續小五義》了，恐怕都不能明白。在這樣一個彈性很大的文本當中，從頭到尾都沒有交代為什麼襄陽王要造反。白玉堂死後，一直到《小五義》作者才掉筆反打一拍，交代了襄陽王的祖上是趙匡胤的三弟趙光美，是兄弟三人之中最小的一位。

司馬光《涑水紀聞‧卷一》：「昭憲太后聰明有智度，嘗與

（上圖）宋代南詔劍。

TOP PHOTO

（左圖）宋《汴京宣德樓前演
象圖》。
此畫描繪北宋王室在皇宮宣德
樓前舉行盛大的車騎演象活動
的場景，亦顯現了皇權的鞏固
與威儀。

33

太祖參決大政，及疾篤，太祖侍藥餌，不離左右。太后曰：
『汝自知所以得天下乎？』太祖曰：『皆祖考與太后之餘慶
也。』太后笑曰：『不然，正由柴氏使幼兒主天下耳。』因敕
戒太祖曰：『汝萬歲後，當以次傳二弟，則並汝之子亦獲安
耳。』太祖頓首泣曰：『敢不如母教。』」太后因召趙普於榻
前，為約誓書，普於紙尾自署名云：「臣普書。」藏之金匱，
命謹密宮人掌之。及太宗即位，趙普為盧多遜所譖，出守河
陽，日夕憂不測。上一旦發金匱，得書，大寤，遂遣使急召
之，普惶恐，為遺書與家人別而後行。既至，復為相。」

TOP PHOTO

（上圖）《趙家樓》年畫。出
自《濟公全傳》。描繪的是京
劇《趙家樓》故事，濟公協助
陳亮、雷明捉拿綠林大盜華雲
龍的場景。
（右圖）明 劉俊《雪夜訪普
圖》。
「雪夜訪普」主要為宋太祖於
大雪之夜拜訪丞相趙普的故
事，可見其重視賢才的態度。
而昭憲太后、宋太祖與趙普一
段「金匱之盟」的傳說，也成
為《小五義》解釋襄陽王反叛
的背景。

這段載錄和《續
資治通鑑・卷二》
所記建隆二年事稍
有不同。在《續通
鑑》裏，太后說了
「不然」之後的一
段話：「正由柴氏使
幼兒主天下，群心
不附故耳。汝與光
義皆吾所生，汝後
當傳位汝弟。四海至廣，能立長君，社稷之福也。」

司馬光所記的「按照次序傳位給兩個弟弟」（以次傳二弟）
的話變成了專指光義。那麼趙光美呢？趙光義繼承了趙匡胤
的江山之後，並沒有按照母親的遺囑把皇位傳給弟弟，反而
將他貶往西京，隨後又發遣到房州。趙光美的第六代孫（昌
國公）趙公俊遷徙到福州，並終老於此，這一支始終沒有誰
造過反。

但是在《小五義》第一回如此交代：

話說襄陽王趙珏趙千歲，乃天子之皇叔，因何謀反？皆因

上輩有不白之冤由。宋太祖乾德皇帝，乃兄弟三人──趙匡

TOP PHOTO

胤、趙光義、趙光美。惟宋室乃弟受兄業，燭影搖紅，太宗即位，久後光美應即太宗之位。不想寧夏國作亂，光美奉旨前去征伐，得勝回朝。

太宗與群臣曰：「朕三弟日後即位，比孤盛強百倍，可稱馬上皇帝。」內有老臣趙普諫奏：「自夏傳子，家天下，子襲父業，焉有弟受兄業之說？一誤不可再誤。」人人皆有私心，願傳於子，不願傳於弟。得勝之人，並不犒賞，加級紀錄。光美見駕，請旨犒賞。天子震怒：「迨等爾登基後，由爾傳旨，今且得由朕。」光美含羞回府，懸梁自荊。

趙珏乃光美之子，抱恨前仇，在京招軍買馬。有九卿共議，王苞老大人奏聞，萬歲降旨，將趙珏封為外藩，留守襄陽作鎮，以免反意。不想更得其手，招聚四方勇士，寵倖鎮八方王官雷英，設擺銅網陣，招聚山林盜寇、海島水賊，即暗約……焉能知曉京都拿了金面神欒肖，破了黑狼山，滅了高家晏，拿了吳澤，解往京都，招供王爺謀反之事。

襄陽王謀反是《七俠五義》一書說到了一半之處忽然出現的轉折，不僅如此，開封府「群俠集團」沒有強大的敵壘，這一忽然出現顯然非說書人始料所及，而在漫長的說講傳承之中，無論是原作者（據說是石玉崑及其弟子）似乎也沒有修改、彌補、增飾的意思。反倒是在《小五義》中補述來歷，讓一群嘯聚江湖的盜匪有了一個模模糊糊的政治目標：幫助襄陽王趙珏奪回他「應得」的天下。

（上圖）劉光世畫像。招安為朝廷籠絡地方的一種手法，宋將劉光世便曾招撫夏寧、郭仲威、邵青等地方勢力。

TOP PHOTO

　　這當然是小說家的生造了。但是我們要知道,《七俠五義》的開篇是《狸貓換太子》。但是這個故事為什麼要變成俠義小說的開篇呢?很簡單,如果說沒有換太子的概念,換來的太子最後還是扶正變成皇帝,經過一段時間,王子流浪,政權最終回到手上。當這個故事和襄陽王做對照的時候,會發現這兩個人的版本是一正一反,一明一暗的。而且我們會發現襄陽王一開始並沒有說要造反,而是蔣平偷了九龍珍珠冠來之後形成的不可反轉之勢──這是好人栽壞人的贓。

法外的正義

　　如果讀者看到這裏還可以容忍的話,說明他太喜歡包公了。但是很多人喜歡《七俠五義》是因為五鼠好看、御貓好看,你愛殺誰就殺誰吧,我們無法為襄陽王平反,因為他本

（上圖）元雜劇《鄭孔目風雪酷寒亭》插畫。《酷寒亭》描述衙門孔目（官名）鄭嵩娶妓女蕭娥為續室,但蕭娥卻虐待前妻的子女並與人通姦,鄭嵩憤而殺之,自首後被發配邊疆,途中為曾受他恩惠的流匪宋彬搭救,眾人一起淪為草寇,最後遇到朝廷招安,大家復為良民百姓。

37

《貍貓換太子》　描述包拯外出巡行至一座破窯，被一位雙目失明的老婦攔住，泣訴自己的遭遇與身世。後來得知她乃往日之李娘娘，更是當今皇上仁宗之生母，了解她的悲慘又離奇的經歷後，包公決定洗雪李娘娘的冤仇，將其帶回京城，精心安排使仁宗認母，真相終於大白。

從《宋史》的角度觀察，則可提供另一種說法：李宸妃實有其人，本是劉德妃的侍女，懷上龍子時，劉德妃已被立為皇后，於是劉德妃請皇帝把李宸妃生下的兒子趙禎立為己子，卻也將其母子分離。後來，真宗去世，十一歲的趙禎繼位，史稱宋仁宗，直至劉太后死後，仁宗才知生母是已死的宸妃。從史料上可知包拯和李宸妃之間毫無關聯，宸妃也不曾流落至民間，可見民間傳說與史料記載相異甚大。

身就是一個虛構出來的人。

但是如果反過來，我們用這樣的讀法去認識俠義小說。經過《水滸傳》的故事，從造反到招安，到招安不成，最後英雄死於幾場為國除害的大戰當中。你會發現石玉崑要告訴我

們的，恐怕還要深一些——真正的俠是要懂得《逍遙遊》和
《養生主》的；真正的俠是要和權力遠遠地分開，拉出最大
的距離；真正的俠是不要揚名的。所以北俠歐陽春、徹地鼠
韓彰這兩個人物，以及後來呼應於此，非正非邪、亦正亦邪

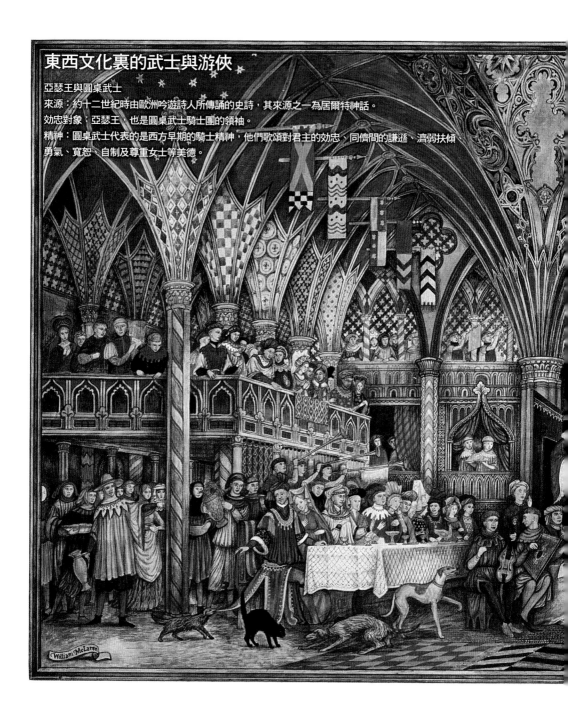

東西文化裏的武士與游俠

亞瑟王與圓桌武士

來源：約十二世紀時由歐洲吟遊詩人所傳誦的史詩，其來源之一為居爾特神話。

效忠對象：亞瑟王，也是圓桌武士騎士團的領袖。

精神：圓桌武士代表的是西方早期的騎士精神，他們歌頌對君主的效忠、同儕間的謙遜、濟弱扶傾、勇氣、寬恕、自制及尊重女士等美德。

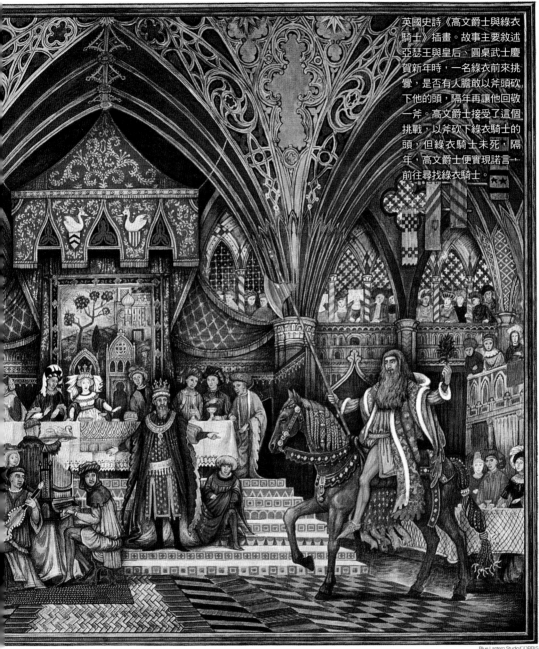

英國史詩《高文爵士與綠衣騎士》插畫。故事主要敘述亞瑟王與皇后、圓桌武士慶賀新年時，一名綠衣前來挑釁，是否有人膽敢以斧頭砍下他的頭，隔年再讓他回敬一斧。高文爵士接受了這個挑戰，以斧砍下綠衣騎士的頭，但綠衣騎士未死，隔年，高文爵士便實現諾言，前往尋找綠衣騎士。★★

日本武士

來源：始於日本平安朝時代桓武天皇為鞏固皇權而徵募的士兵，後逐漸演變
為社會階級的一種，武士之間亦分階級，如幕府大將軍、大名與中、下階層
武士。

效忠對象：原為日本天皇，進入幕府時代後，改為效忠幕府大將軍。

精神：即所謂武士道，武士道重視修養、安於本分、效忠主君、不顧身家，
著重報恩、克服逆境、遵循倫常等，並約束對上不敬的行為。日本軍國主義
發展後，武士道精神逐漸轉為對天皇的絕對忠誠。

《平治之亂》繪卷。「平治之
亂」為平安朝時期源家與平家
兩大勢力因爭權而導致的動
亂。源義朝不滿自己的封位較
平清盛低，因而趁平氏出遊時
挾持天皇，欲奪政權，平清盛
聞訊後返回京城，敉平源義朝
的勢力，是為「平治之亂」。

雪

の

暁

月

小林栗八帖

日本浪人

來源：為日本武士的一種，當武士喪失了領主，或是離開藩國至外地流浪，都稱為浪人。但浪人應是以幕末時期最為活躍。

効忠對象：無。

精神：幕末的浪人因無領主的關係，不必同一般武士一樣受到「効忠主君」的約束，而得以自由伸展他們的意志。因此幕末許多政治及刺殺活動，往往由浪人主導。當時浪人大都支持「尊王攘夷」、「倒幕」等思想。

月岡芳年所繪的浪人浮世繪。
Asian Art & Archaeology, Inc./CORBIS

俠盜羅賓漢

來源：十三世紀的英國罪犯，史書上並沒有明確記載「Robin Hood」這個人，因此學者推測「Robinhood」只是當時罪犯的代稱，演變至後來成為對抗王權的俠盜代表。

效忠對象：無。

精神：劫富濟貧。羅賓漢故事產生的背景為英王約翰（1166～1216）執政的時代，當時百姓受高利貸及苛政所苦，因此羅賓漢成為對抗約翰王與諾丁漢地區暴斂苛政的領袖。

克萊恩（Walter Crane）所繪的《羅賓漢》插畫。羅賓漢本為流行於英國的中世紀傳說，爾後被大仲馬改寫為小說《羅賓漢》，使得扶弱濟貧的形象深植人心。

江湖 一詞，可以遠紹於《莊子·大宗師》中：「泉涸，魚相與處於陸，相呴以溼，相濡以沫，不如相忘於江湖。」莊子刻意以「陸」和「江湖」對比，認為魚兒與其苟延殘喘，倒不如分道揚鑣悠遊於更寬廣的江湖之間，去獲取更大的逍遙與自由。歷來許多作家的想像與創作之下，「江湖」構成了一個虛擬的世界，在這個世界中出現的是各種族群、各樣人物，江湖已不僅僅是一個簡單的地域概念，卻也非泛指人世間，而是隱隱有和朝廷相對的意思。和朝廷相對便意味著權力核心的遠離，江湖擺脫了權力競逐的種種限制，帶有全身遠害的含義，也將權力的介入減至最低的限度，並且將權力核心強調的法制規範，一轉而成為重視道德規範，並讓俠客縱橫恣肆於其間，終構成江湖的一種場域概念。

（上圖）武俠詩在唐代曾經盛行一時，這與唐人崇尚俠的精神有關。圖為王維《少年行四首》（其一）插畫。「新豐美酒斗十千，咸陽游俠多少年，相逢意氣為君飲，繫馬高樓垂柳邊。」

的人物「黑妖狐智化」、「隱俠沈仲元」等等。這些人是遠遠的路標，我們總覺得這些遠遠的路標好像是最高尚，更難企及的。

我們知道《游俠列傳》裏面的人物，一開始不是抗擊社會議題的領導者，他甚至沒有自覺地去做那些我們後來稱之為俠義的使命，他只是永遠不用現成的條文去思考衡量正義的尺度。他有一把尺，而且不能變動，也很明確。假如說我就是一個明明白白地拒絕權力的人，我就幹那些一旦碰到公共權力我就反對的事。但是俠不是這樣的，他不是這麼積極和自覺，因為一旦積極和自覺的話，他就變成了一個有使命的人。太史公，他不是讓一個俠有那麼多非常強烈的自主意識的。太史公歌頌偉大的軍人、偉大的貴族、偉大的思想家，他的犧牲多少不是為了偉大的或公共的價值。俠是有非常消極的性格在裏面，他要遠離那個核心，而不是說他要營造某種價值核心。

司馬遷告訴我們：「赴士之阨困，既已存亡死生矣，而不矜其能，羞伐其德。」他們所代表的正義我們不會忘記，他的正義是法外正義，法內統統都是王權、政府規定的。可是在法外還有一種正義，就是老百姓自己生活當中必須實踐的，它簡單到我答應你了我就一定要去做。它沒有社會契約，沒有律法條文，沒有規範和章程，法外正義都在俠身上，而實現這樣的概念和價值的，通常不會有什麼好下場。

俠是一種「流動」的概念

《七俠五義》裏有一個重要的主旨，就是貫穿俠客和行為的內在意義和認知。在我們今天看到的武俠小說當中，已經承襲了非常大量的近代元素，或者是西方元素。我們會看到很多武俠小說當中表達一些炙熱的內在情節，居然是從莎士比亞或佛洛伊德那裏轉運過來的。生活在現在的中國人或許無法自絕於心理分析、女性主義、後殖民等等奧妙深刻的論

述。但是，我們如果要貼近到一個故事的內容，還有故事背
景所涉及的人物情感，與某種歷史限制與定性的時候，往
往必須更清楚地去揣摩這個人物在他和他的世界之間的種
種隱形的契約。俠最初就是由非常典型的隱形契約——信諾
——出發，轉變為另外的各種價值，比如說「不二心」、「為
後世法」，卻也有人認為「齊生死」還不算，甚至要「泯是
非」、「一得失」乃至於「去榮辱」，二話不說連臉都切了。
一開始的時候，俠是一個樣的，後來的俠除了原來的精神之
外，又增加了一些；到第三個俠，又多了一點，可能第四個
俠的時候，覺得又應該回到第一個俠了。俠的概念是活的，
是流動的。但是有一點不會改變，無論這個俠是什麼時代出
現，無論他有沒有劍術、法術、神通等等，這個俠都和最核
心的、最高的權力相隔一段最遙遠的距離。

（上圖）《范蠡浮海圖》。
描繪春秋末期范蠡助越國滅吳
國、功成身退偕西施泛舟五湖
隱世的傳說。也是最早出現
「江湖」概念的故事。

閱讀《七俠五義》的樂趣

開封府群俠是歷來《七俠五義》當中最受讚頌的，這本書是我八歲的時候開始看的。我每隔幾年就看一遍，我覺得這本書裏面人物的面目有著非常重大或者説巨大的閃爍的變化。第一次看他的時候覺得他英雄，第二次看的時候很平庸，第三次看的時候我覺得我很鄙夷他了，但是我還是會看第四次。也許到第四次的時候，我對所有裏面的人物，他的好壞善惡已經有了不同的看法，甚至我不再看這個人物可不可取了。我會看到背後被武功、機關、陰謀所遮擋的社會關係、人情世故，甚至是到底什麼是市井生活當中必備的知識，這些都是《七俠五義》告訴我的。包括透過錦毛鼠白玉堂和書僮雨墨的對話胡扯閒篇（第三十三回），講吃魚的方法，我想到就會樂，我並不會用這種方法去吃魚，但是這個段子代表了説書人對一種客觀知識與經驗的隨性追求，以及那個追求給讀者的想像活動帶來的樂趣。∎

比武招親

阮光民

漫畫家。曾獲各大漫畫獎新人獎肯定，2002年與蔡岳勳合作，繪製《名揚四海》漫畫版。
2008年與微軟合作《十八同仁》幽默四格作品，獲得網友一波熱烈轉寄。
作品《東華春理髮廳》獲得2009年劇情漫畫獎首獎，其他作品有《刺客列傳》、《It's my way》等。

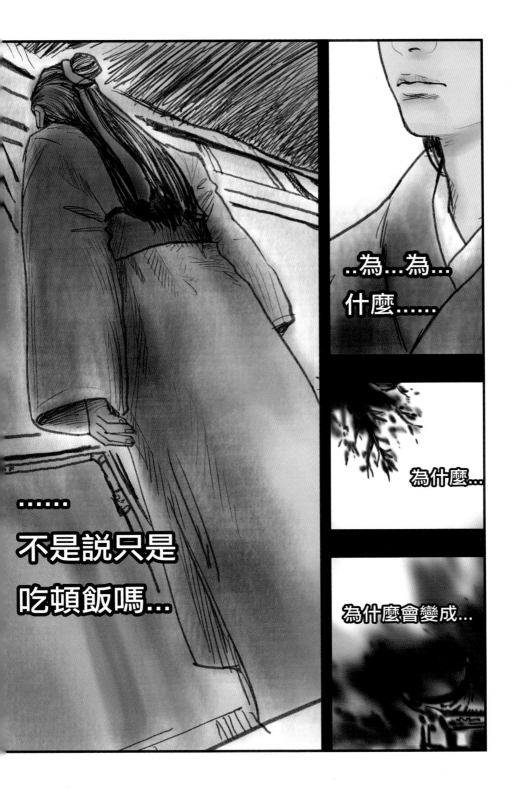

..為...為...
什麼......

為什麼...

為什麼會變成...

......
不是説只是
吃頓飯嗎...

小妹果然受不了人家激她，我騙她說展昭不相信女子也能駕馭湛盧，她就暴走了~

丁氏雙俠（兄）丁兆蘭

娘，既然您屬意展昭為婿~不如再看看他劍術上的表現。

因為比試時最能看出一個人的修養~

好...好快！

我沒看錯!!!

我出劍的時候他的劍
還在刀鞘裏...可是...
才一眨眼，他的劍卻
架在我的脖子上了...

不過......

展大哥你
輸了~~

他頭巾下藏的是月華掉落的的耳環。

也就是説,耳環先落地,展兄的頭巾隨後覆蓋在上。這場比試...

是展兄贏了。

但是,展兄故意掩蓋自己贏的事實,又處心積慮的幫輸的一方掩飾...這證明了一件事......

沒想到堂堂御貓是這種人...

這傢伙是戀物癖!

...

該怎麼說...

......嗯！...

...算是找到了。

原典選讀

石玉崑 原著

第三十二回

夜救老僕顏生赴考
晚逢寒士金客揚言

且說丁氏兄弟，同定展爺，來至莊中；賞了削去四指的漁戶十兩銀子，叫他調養傷痕。展爺提起鄧彪，他說：「白玉堂不在山中，已往東京找尋劣兄去了。刻下還望兩位賢弟備隻快船，我須急急回家，趕赴東京方好。」丁家兄弟應允，便於次日備了餞行之酒，殷勤送別。展爺真是歸心似箭。這一日天有二鼓，已到了武進縣，以為連夜可以到家。剛走到一帶榆樹林中，忽聽有人喊道：「救人呀！有人打槓子的了。」展爺順著聲音迎將上去，卻是個老者，背著包袱，喘得連嚷也嚷不出來。又聽後面有人追著喊道：「有人搶了我的包袱去了！」展爺心下明白，便道：「老者，你且隱藏，待我攔阻。」老者才往樹後一隱，展爺便把那人一把按住，解下他腰間的搭包，寒鴉兒拂水的將他捆了。將老者喚出問道：「你姓甚名誰？家住哪裏？慢慢講來。」老者從樹後出來，先叩謝了。此時喘已定了，道：「小人姓顏，名叫顏福，在榆林村居住。只因我家相公要上京投親，差老奴到窗友金必正處，借了衣服銀兩。多承相公一番好意，留下小人喫飯，臨走又交付老奴三十兩銀子，是贈我家相公做路費的。不想剛走到榆樹林之內，便遇見這人一聲斷喝，要什麼『買路錢』。小人一路好跑，喘得氣也喘不上來了，幸虧大老爺相救。」展爺聽了便道：「榆林村乃我必由之路，我就送你到家如何？」

顏福復又叩謝。展爺對那人道：「你這廝黃夜劫人，還嚷人家搶了你的包袱去了！我也不加害於你，你就在此歇歇罷！」說罷，叫老者背了包袱，出了林子，竟奔榆林村。到了顏家門首。老者道：「此處便是！請老爺裏面待茶。」展爺道：「我也不喫茶了，還要趕路呢！」說畢，邁開大步，竟奔遇杰村而來。

　　單說顏福的小主人乃是姓顏，名春敏，年方二十二歲。寡母鄭氏，連老奴顏福，主僕三口度日。因顏老爺在日，為人正直，做了一任縣尹，兩袖清風，一貧如洗。如今家業零落。顏生素有大志，總要克紹書香，故學得滿腹經綸。屢欲赴京考試，無奈家道艱難，不能如願。因明年就是考試的年頭，鄭氏安人想出個計較來，便對顏生道：「你姑母家道豐富，何不投託在彼？一來可以用功；二來可以就親，豈不兩全其美呢？」顏生道：「姑母處已有多年不通信息。自父親亡後，遣人報信，並未見遣一人前來弔唁；恐到那裏，也是枉然！況且盤費短。」母子正在商議之間，恰巧顏生的窗友金生名必正特來探望。彼此相見，顏生就將母親之意對金生說了。金生一力擔當，慨然允許，便叫顏福跟了他去，打點進京的用度。安人聞聽，感之不盡。母子又計議了一番。鄭氏安人親筆寫了一封書

信，娘兒兩個，獃等顏福回來。天已二更，尚不見到，顏生勸老母安歇，自己把卷獨對青燈。等到四更，心中正自急躁，顏福方回來了，交了衣服銀兩。顏生大悅，叫老僕且去歇息。到了次日，顏生將衣服銀兩，與母親看了，正要商議如何進京，顏福進來說道：「相公進京，敢是自己去麼？」顏生道：「家內無人，你須好好侍奉老太太，我是自己要進京的。」老僕道：「相公若是一人進京，是斷斷去不得的。」顏生道：「卻是為何？」顏福便將昨晚遇劫之事說了一遍。鄭氏安人聽了顏福之言，說：「是呀！若要如此，老身是不放心的。莫若你主僕二人同去方好。」顏生道：「孩兒帶了他去，家內無人。母親叫誰侍奉？」

正在計算為難，忽聽有人叩門。老僕答應開門看時，見是一個小童，問他來此何事？小童道：「我們金相公，打發我來見顏相公的。」老僕聽了，將他帶至屋內，見了顏生又參拜了安人。顏生便問道：「你做什麼來的？你叫什麼？」小童答道：「小人叫雨墨。我們金相公知道相公無人，惟恐上京路途遙遠不便，叫小人特來服侍相公至京。又說這位老主管有了年紀，眼力不行，可以在家伺候老太太，照看門戶，彼此都可以放心。又叫小人帶來十兩銀子，惟恐路上盤川不足，是要餘富些的好。」

安人與顏生聽了，不勝感激。安人又見雨墨說話伶俐明白，便問：「你今年多大了？」雨墨道：「小人十四歲了。」安人道：「你小兒家，能夠走路嗎？」雨墨笑道：「小人自八歲上，就跟著小人的父親在外貿易，差不多的道兒，小人都知道。至於上京，便是熟路了。所以我們相公，就派我來跟相公。」安人聞聽，更覺歡喜放心。將親筆寫的書信，交與顏生道：「你到京中祥符縣，問雙星巷，便知你姑父的居址了。」顏生便拜了老母。雨墨在旁道：「祥符縣南，有個雙星巷，又名雙星橋，小人認得。」安人道：「如此甚好！你要好好服侍相公。」雨墨道：「不用老太太囑咐，小人知道。」顏生又吩咐老僕顏福一番，暗暗將十兩銀子，交付顏福供養老母。雨墨已將小小包袱背起來，主僕二人出門上路。

顏生是從未出過門的，走了一二十里，便覺兩腿痠疼，問雨墨道：「我們自離家門，如今走了也有五六十里路程了？」雨墨道：「共總走了沒有三十里路。」顏生喫驚道：「如此說來，路途遙遠，竟自難行得很呢！」雨墨道：「相公不要著急！走道兒有個法兒，必須不緊不慢，彷彿遊山玩景一般的，就走得多了。」顏生真果沿途玩賞，不知不覺，又走了一二十里。覺得腹中有些饑餓，便對雨墨道：

71

「我此時雖不乏力，只是腹中有點空空兒的，可怎麼好？」雨墨用手一指說：「那邊不是鎮店麼？到了那裏買些飯食喫了再走。」又走了一會，到了鎮市。顏相公見個飯鋪，就要進去。雨墨道：「這裏喫不現成。相公隨我來！」把顏生帶了二葷鋪裏，主僕二人，用了飯再往前走。到了天晚，來到一個熱鬧地方，地名雙義鎮。雨墨道：「相公，咱們就在此處住了罷！」顏生道：「既如此，就住了罷！」雨墨道：「住是住了；若是投店，相公千萬不要多言，自有小人答覆他。」顏生點頭應允，及至來到店門，擋槽兒的便道：「有乾淨房屋！天氣不早了，再要走可就太晚了。」雨墨便問道：「有單間廂房沒有？或有耳房也使得。」擋槽兒的道：「請先進去看看就是了。」雨墨道：「若是有呢，我們好看哪！若沒有，我們上那邊住去。」擋槽兒的道：「請進去看看何妨？不如意再走如何？」顏生道：「咱們且看看就是了。」雨墨道：「相公不知！咱們若進去，他就不叫出來了。店裏的脾氣，我是知道的。」正說著又出來了一個小二道：「請進去。」顏生便向裏走，雨墨只得跟隨。店小二道：「相公請看，很好的，正房三間，又乾淨，又豁亮。」雨墨道：「不進來，你們緊嚷，及至進來，就是上房三間。我們告訴你，除了單廂房，或耳房，別的我們不住。」說罷回身就要走。小二一把拉住道：「我的

二爺，上房三間，兩明一暗，你們二位住那暗間，我們就算一間房錢，好不好呢？」顏生道：「我們就是這樣罷！」雨墨道：「我們先說明了，我可就給一間房錢。」小二連連答應。主僕二人來進上房，到了暗間，將包袱放下，小二便用手擦了外間桌子，道：「你們二位在外間用飯罷，不寬闊麼？」雨墨道：「你不用誘。就是外間吃飯，也是住這暗間，也是給你一間的房錢。況且我們不喝酒，早起喫點心還飽呢；我們不過找補點就是了。」那小二聽了光景，沒有什麼大來頭，便道：「開一壺香片茶兒來罷！」雨墨道：「路上灌的涼水，這時候還滿著呢！不喝。」小二道：「點個燭燈罷！」雨墨道：「怎麼，你們店裏沒有油燈嗎？」小二道：「有啊！怕你們二位嫌油煙子氣。」雨墨道：「你只管拿來。」小二取燈，取了半天，方點了來。問道：「二位喫什麼？」雨墨道：「給我們一個燴鍋炸，就帶了飯來罷。」店小二估量著，沒什麼想頭，抽身就走了，好半歇不來。

忽聽外面嚷道：「你這地方，就敢笑看人麼？小菜碟兒，一個大錢，吾是照顧你，賞你們臉哪！你不容我住，還要凌辱斯文，這等可惡！吾將你這狗店，用火燒了。」雨墨道：「該這人替咱們出了氣了。」又聽店東道：「都住滿了，真沒有屋子

73

了；難道為你現蓋嗎？」又聽那人高聲道：「放狗屁！你現蓋也要吾等得呀！你就敢凌辱斯文？你打聽打聽，念書的人，也是你們欺負得的呢？」顏生聽至此，不由得跨出了門外。雨墨道：「相公別管閒事！」剛然攔阻，只見院內那人，向著顏生道：「老兄你評評這個理！他不叫吾住使得，就將我這等一推，這不豈有此理麼？還要與我現蓋房，這等可惡！」顏生答道：「兄台若不嫌棄，何不將就在這邊屋裏同住呢？」只聽那人道：「萍水相逢，如何打攪呢？」雨墨一聽，暗說：「此事不好，我們相公要上當。」連忙迎出，見相公與那人已攜手登階，來至屋內，就在明間彼此坐了。

未知如何？且看下回分解。

第三十三回

真名士初交白玉堂
美英雄三試顏春敏

且說顏生同那人進屋坐下，雨墨在燈下一看：見他頭戴一頂開花儒巾，身穿一件零碎藍衫，足下穿一雙無根底破皂靴頭兒，滿臉塵土，實在不像念書之人，倒像個無賴子。正思想卻他之法，又見房東親來陪罪。那人道：「你不必如此。大人不記小人過，饒恕你便了。」店東去後，顏生便問道：「尊兄貴姓？」那人道：「吾姓金名懋叔。沒領教兄台貴姓？」顏生也通了姓名。金生道：「原來是顏兄，失敬！失敬！請問顏兄用過了飯了沒有？」顏生道：「尚未。金兄可用過了？」金生道：「不曾，何不共桌而食呢？叫小二來。」此時店小二拿了一壺香片來，放在桌上。金生便問道：「小二，你們這裏有什麼飯食？」小二道：「上等飯食八兩，中等飯六兩，下等飯……」剛說至此，金生攔道：「誰喫下等飯呢？就是上等飯罷。吾且問你，這上等飯是什麼餚饌？」小二道：「兩海碗，兩鏇子，六大碗，四中碗，還有八個碟兒。無非雞鴨魚肉海參等類調度的，總要合心適口。」金生道：「這魚是鮑魚呢，還是漂兒呢？」小二道：「是漂兒，哪裏是鮑魚！」金生道：「可有活鯉魚麼？」小二道：「要活鯉魚，是大的一兩二錢銀子一尾。」金生道：「既要喫，不怕花錢！吾告訴你，鯉魚不滿一斤重的叫做『拐子』，過了一斤的，才為鯉魚。不獨要活的，還要尾巴像那個胭脂瓣兒相似，那才是新鮮的

呢！你拿來吾看。」又問：「酒是什麼酒？」小二道：「不過隨便常行酒。」金生道：「不要那個！吾要喝陳年女貞陳紹。」小二道：「有七年罈下的女貞陳紹，就是不零賣。那是四兩銀子一罈。」金生道：「你好貧哪！什麼四兩五兩？不拘多少，你搭一罈來，當面打開，吾嘗就是了。吾告訴你說，吾要那金紅顏色濃濃香，倒了碗內，要掛碗，猶如琥珀一般，那才是好的呢！」小二道：「搭一罈來，當面試嘗，不好不要錢如何？」金生道：「那是自然。」說話間，已經掌上二支燈燭，此時店小二歡喜非常，小心殷勤，自不必說。少時端了一個腰子形兒的木盆來，裏面亂蹦亂跳，足一斤多重的鯉魚。說道：「爺請看，這尾魚如何？」金生道：「魚卻是鯉魚。你必要用這半盆水叫那魚躺著，一來顯大、二來水淺，牠必撲騰，算是活跳跳的；賣這個手法兒。你不要拿著走，就在此處開了膛，省得抵換。」小二只得當面收拾。金生又道：「你收拾好了，把牠鮮串著；可是你們加什麼作料呢？」店小二道：「無非是香菌口蘑，加些紫菜。」金生道：「吾是要『尖上尖』的。」小二卻不明白。金生道：「怎麼你不曉得『尖上尖』？就是那青筍尖兒上頭的尖兒，總要嫩切成條兒才好。」店小二答應，不多時，又搭了一罈酒來，拿著錘子倒流兒，並有個磁盆。當面錐通，下上倒流兒，灑出酒來，果然美

味真香。先斟一杯，遞與金生，嘗了嘗，道：「也還罷了。」又斟了一杯，遞與顏生，嘗了嘗，自然也說好。便倒了一盆，灌入壺內，略燙一燙，二人對面消飲。小二放下小菜，便一樣一樣端上來。金生連筯也不動，只於就佛手疙疸慢飲，盡等吃活魚。二人飲酒閒談，越說越投機，顏生歡喜非常。少時大盤盛了魚來，金生便拿起筯子來，讓顏生道：「魚是要喫熱的，冷了就要發腥了。」布了顏生一塊，自己便將魚脊背，拿筷子一劃，要了薑醋碟，喫一塊魚，喝一杯酒，連聲稱讚：「妙哉！妙哉！」將這面喫完，筯子往魚鰓裏一插，一翻手就將魚的那面翻過來。又布了顏生一塊，仍用筯子一劃，又是一塊魚，一杯酒，將這面也喫了。然後要了一個中碗來，將蒸食雙落一對掰在碗內—— 一連掰了四個，舀了魚湯喝了。又將碟子扣上，將盤子那邊支起，從這邊舀了三匙湯喝了。便道：「吾喫飽了！顏兄自便。」顏生也飽了。二人出席。金生吩咐：「吾們就只一個小童，該蒸的，該熱的，不可與他冷喫。想來還有酒，他若喝時，只管給他。」店小二連連答應。說著話，他二人便進裏間屋內去了。

雨墨此時見剩了許多東西，全然不動，明日走路又拿不得，瞅著又是心痛，他哪裏喫得下去！喝了

兩杯悶酒，連忙來到屋內。只見金生張牙欠口，已
有睡意。顏生道：「金兄既已乏倦，何不安歇呢？」
金生道：「如此，吾就要告罪了。」說罷，往床上一
躺，呱嗒一聲，不一會兒，已然呼聲震耳。顏生也
就悄悄睡了。雨墨哪裏睡得著？好容易睡著，忽聽
有腳步之聲，睜眼看時，天已大亮。見相公悄悄從
裏間出來，低言道：「取臉水去。」雨墨取來，顏
生淨了面。忽聽屋內有咳嗽之聲。雨墨連忙進內，
忽聽他口中念道：「大夢誰先覺，平生我自知。草
堂春睡足，窗外日遲遲。」念完了咕嚕爬起來道：
「略略歇息，天就亮了。」雨墨道：「店家！給金相
公打臉水。」金生道：「吾是不洗臉的，怕傷水。叫
店小二開了我們的帳，拿來我看。」雨墨暗想：「倒
有意思，他竟要會帳！」只見店小二開了單來，上
面共銀十三兩四錢八分。金生道：「不多！不多！
外賞你們小二灶上連打雜的二兩。」店小二謝了。
金生道：「顏兄我也不鬧虛了，咱們京中再見。吾
要先走了。」「他拉他拉」竟自出店去了。這裏顏
生便喚雨墨，叫了半天，才答應：「有。」顏生道：
「會了銀兩走路。」雨墨又遲了多會，賭氣拿了銀
子，到了櫃上，爭爭奪奪，連外賞給了十四兩銀
子，方同相公出了店來。

走到村外無人之處，便說：「相公，看金相公是
個什麼人？」顏生道：「是個念書的好人咧！」雨

墨道：「如何？相公還是沒有出過門，不知路上有許多奸險呢！有誆嘴喫的，又有拐東西的，有設下圈套害人的！奇奇怪怪的樣子多著呢！相公如今拿著姓金的當好人，將來必要上他的當。據小人看來，他只不過是個篾片之流。」顏生正色嗔怪道：「休得胡言！小小的人，造這樣的口過。我看金相公，斯文中含著一股英雄的氣概，將來必非等閒之人。你不要管！縱然他就是誆嘴，也無非多花幾兩銀子，有甚要緊？你休再來管我。」雨墨聽了相公之言，暗暗笑道：「怪道人人常言『書獃子』，果然不錯。我原來為好，倒嗔怪起來。只得暫且由他罷了！」走不多時，已到打尖之所。雨墨賭氣，要了個熱鬧鍋炸。喫了早飯。又走到了天晚，來到興隆鎮，又住宿了，仍是三間上房，言給一間的錢。這個店小二，比昨日的卻和氣多了。剛然坐下，未暖席，忽見店小二進來，笑容滿面問道：「相公是姓顏麼？」雨墨道：「不錯，你怎麼知道？」小二道：「外面有一位金相公找來了。」顏生聞聽說：「快請！快請！」雨墨暗暗道：「這不得了！他是喫著甜頭兒了！我們花錢，他出主意，未免太冤。今晚我何不如此如此呢？」想罷，迎出門來道：「金相公來了很好，我們相公在這裏恭候著呢！」金生道：「巧極！巧極！又遇見了。」顏生連忙執手相讓，彼此就座。今日更比昨日親熱了。

說了數語之後，雨墨在旁道：「我們相公尚未喫飯，金相公必是未曾，何不同桌而食？叫了小二來，先商議叫他備辦去呢！」金生道：「是極！是極！」正說時，小二拿了茶來放在桌上。雨墨便問道：「你們是什麼飯食？」小二道：「等次不同。上等是八兩，中等是六兩，下……」剛說了一個「下」字，雨墨就說：「誰喫下等飯？就是上等罷！我也不問什麼餚饌，無非雞鴨魚肉翅子海參等類。你們這魚是鮑魚呀？是漂兒呢？必然是漂兒！漂兒就是鮑魚。我問你，有活鯉魚沒有呢？」小二道：「有，不過貴些。」雨墨道：「既要喫，還怕花錢嗎？我告訴你，鯉魚不過一斤叫『拐子』，總要一斤多，那才是鯉魚呢！必須尾巴要像胭脂瓣兒相似，那才新鮮呢，你拿來我瞧就是了。——還有酒，我們不可要常行酒，要十年的女貞陳紹，管保是四兩銀子一罈。」店小二說：「是。要用多少？」雨墨道：「你好貧哪！什麼多少？你搭一罈來，當面嘗。先說明我可要金紅顏色，濃濃香的，倒了碗內要掛碗，猶如琥珀一般。錯過了，我可不要。」小二答應。

　　不多時點上燈來，小二端了魚來，雨墨上前便道：「魚可卻是鯉魚！你務用半盆水躺著，一來顯大，二來水淺，牠必撲騰，算是亂蹦亂跳，賣個手法兒。你就要在此處開膛，省得抵換。把牠鮮串

著。你們作料，不過香菌口蘑紫菜，可有『尖上尖』沒有？你管保不明白，這尖上尖，就是青筍尖兒上頭的尖兒，可要切成嫩條兒。」小二答應，又搭了酒來錐開。雨墨舀了一口，遞與金生說道：「相公嘗，管保喝得過。」金生嘗了道：「滿好。」雨墨便灌入壺中，略燙燙拿來斟上。只見小二安放小菜，雨墨道：「你把佛手疙疸放在這邊，這位相公愛喫。」金生瞅了雨墨一眼道：「你也該歇歇了！他這裏上菜，你少時再來。」雨墨退出，單等魚來。小二往來端菜，不一時拿了魚來，雨墨跟著進來道：「帶薑醋碟兒。」小二道：「來了。」雨墨提起酒壺，站在金生旁邊，滿滿地斟了一杯道：「金相公，拿起筷子來。魚是要喫熱的，冷了就要發腥了。」金生又瞅了他一眼。雨墨道：「先布我們相公一塊。」金生道：「那是自然的。」果然布過一塊。剛要用筷子再夾，雨墨道：「金相公還沒有用筷子一劃呢！」金生道：「吾倒忘了。」重新打魚脊背上一劃，方夾到醋碟一口喫了，端起杯來，一飲而盡。雨墨道：「酒是我斟的，相公只管喫魚。」金生道：「妙極！妙極！吾倒省了事了。」仍是一塊魚，一杯酒。雨墨道：「妙哉，妙哉！」金生道：「妙哉得很！」雨墨道：「又該把筷子往鰓裏一插了。」金生答道：「那是自然的了。將魚翻過來，吾還是布你們相公一塊，再用筷子一劃，省得你又

提撥吾。」雨墨見魚剩了不多，便叫小二拿一個中碗來。小二將碗拿到，雨墨說：「金相公，還是將蒸食雙落兒掰上四個，泡上湯。」金生道：「是的！是的！」雨墨便將碟子扣在那盤子上，那邊支起來道：「金相公，從這邊舀三匙湯，喝了也就飽了，也不用陪我們相公了。」又對小二道：「我們二位相公喫完了，你瞧該熱的，該蒸的，揀下去，我可不喫涼的。酒是有在那裏，我自己喝就是了。」小二答應，便望下揀。忽聽金生道：「顏兄這個小管家，叫他跟吾倒好，我倒省話。」顏生也笑了。今日雨墨可想開了，就在外頭盤膝穩坐，叫小二服侍，喫了那個，又喫這個。喫完了，來到屋內，便在明間坐下，靜等呼聲。少時聽呼聲震耳，進裏間將燈移出，也不愁悶，徑自睡了。

至次日天亮，仍是顏生先醒，來到明間，雨墨伺候淨面水。忽聽金生咳嗽，連忙來到裏間，只見金生伸懶腰，打呵欠。雨墨急念道：「大夢誰先覺，平生我自知。草堂春睡足，窗外日遲遲。」金生睜眼道：「你真聰明，都記得好好的。」雨墨道：「不用給相公打臉水了，怕傷了水。叫店小二開了單來算帳。」一時開上單來，共用銀十四兩六錢五分。雨墨道：「金相公，十四兩六錢五分不多罷？外賞他們小二灶上打雜的二兩罷？」金生道：「使

得的。」雨墨道：「金相公管保不鬧虛了，京中再見罷！有事只管先請罷！」金生道：「說的是！說的是！吾就先走了。」便對顏生執手告別，出店去了。雨墨暗道：「一斤肉包的餃子，好大皮子！我打算今日擾他的，誰知反被他擾去。」正在發笑，忽聽相公呼喚。

　　未知如何？且聽下回分解。

第三十四回

定蘭譜顏生識英雄
看魚書柳老嫌寒士

且說顏生見金生去了，便叫雨墨會帳。雨墨道：「銀了不夠了。短的不足四兩呢！我算給相公聽：咱們出門時共剩了二十八兩有零；兩天兩頓早尖，連零用共費了一兩三錢；昨晚吃了十四兩；再加今日的十六兩六錢五分，共合銀子三十一兩九錢五分。豈不是短了，不足四兩麼？」顏生道：「且將衣服典當幾兩銀子，還了帳目；餘下的做盤費就是了。」雨墨道：「出門兩天就當當。我看除當這幾件衣服，今日當了，明日還有什麼？」顏生也不理他。雨墨去了多時，回來道：「衣服通共當了八兩銀子。除還飯帳，下剩四兩有零。」顏生道：「咱們走路罷！」雨墨道：「不走還等什麼呢？」出了店門，雨墨自言道：「輕鬆靈便，省得有包袱背著怪沉的！」顏生道：「你不要多說了！事已如此，不過多費去銀兩，有什麼要緊？今晚前途，任憑你的主意就是了。」雨墨道：「這金相公也真真的奇怪，若說他是誆嘴的，怎麼要了那些菜來，他連筷子也不動呢？就是愛喝好酒，也犯不上要一罈來，卻又酒量不很大；一罈子酒，喝不了一零兒，就全剩下了，也便宜了店家。就是愛喫活魚，何不竟要活魚呢？說他有意要冤咱們，卻又素不相識，無仇無恨。饒白喫白喝，還要冤人，更無此理。我測不出他是什麼意思來。」顏生道：「據我看來，他是個瀟灑儒流，總有些放浪形骸之外。」

主僕二人途次閒談，仍是打了早尖，多歇息歇息，便一直趕到宿頭。雨墨便出主意道：「相公！咱們今晚住小店喫頓飯，每人不過花上二錢銀子，再也不得耗費了。」顏生道：「依你！依你！」主僕二人竟投小店。

　　剛然就座，只見小二進來道：「外面有位金相公找顏相公呢！」雨墨道：「很好！請進來！咱們多費上二錢銀子。這個小店，也沒有什麼出主意的了。」說話間，只見金生進來道：「吾與顏兄，真是三生有幸，竟會到哪裏就遇得著。」顏生道：「實實小弟與兄台緣分不淺。」金生道：「這麼樣罷！咱們兩個結盟拜把子罷！」雨墨忙上前道：「金相公要與我們相公結拜，這個小店備辦不出祭禮來；只好改日再拜罷！」金生道：「無妨，隔壁太和店，是個大店口，什麼俱有。莫說是祭禮，就是酒飯，回來也是那邊要去。」雨墨暗暗頓足道：「活該！活該！算是喫定我們爺兒們了。」金生也不喚雨墨，就叫本店的小二將隔壁太和店的小二叫來，便吩咐如何先備三牲豬頭祭禮，立等要用；又如何預備上等飯，要鮮串活魚；又如何搭一罈女貞陳酒：仍是按前兩次一樣。雨墨在旁，惟有聽著而已。又看那顏生與金生，說說笑笑，真似同胞兄弟一般，毫不介意。雨墨暗說：「我們相公真是書獃子！看明早

這個饑荒，怎麼打算？」不多時，三牲祭禮齊備，序齒燒香。誰知顏生比金生大兩歲，理應先燒香。雨墨暗道：「這個定了，把弟喫準了把兄咧！」無奈何在旁服侍。結拜完了，焚化錢糧後，便是顏生在上首坐了，金生在下面相陪，你稱仁兄，我稱賢弟，更覺親熱。雨墨在旁聽著，好不耐煩。

少時聽至菜來，無非還是前兩次的光景。雨墨也不多言，只等二人喫完，他便在外盤膝坐下，道：「喫也是如此，不喫也是如此，且自樂一會兒是一會兒。」便叫：「小二，你把那酒抬過來。我有個主意：你把太和店小二也叫了來，有的是酒，有的是菜，咱們大夥兒同喫，算是我一點敬意兒，你說好不好？」小二聞聽，樂不可言。連忙把那邊的小二也叫來了，二人一壁服侍雨墨，一壁跟著喫喝。雨墨倒覺得暢快。喫喝完了，仍然進來等著，移出燈來，也就睡了。

到了次日，顏生出來淨面，雨墨悄悄道：「相公昨晚不該與金生結義。不知道他家鄉何處，卻道他是什麼人？倘是個篾片，相公的名頭不壞了麼？」顏生忙喝道：「你這大膽奴才。休得胡說！」雨墨道：「非是小人多言，別的罷了！回來店裏的酒飯銀兩，又當怎麼樣呢？」剛說至此，只見金生掀簾出來，便叫小二開了單來我看。雨墨暗道：「不

好，他要起翅。」只見小二開了單來，上面寫著，
「連祭禮共用銀十八兩三錢。」雨墨遞給金生，金
生看了道：「不多！不多！也賞他二兩；這邊店裏
沒有什麼，賞他一兩罷！」說完便對顏生道：「仁
兄呀……」旁邊雨墨喫驚不小，暗道：「不好！不
好！他要說『不鬧虛了。』──這二十多兩銀子，
又往哪裏算去？」誰知金生今日卻不說此句，他卻
問顏生道：「仁兄呀！你這上京投親，就是這個樣
子，難道令親那裏，就不憎嫌麼？」顏生嘆氣道：
「此事原是奉母命前來，愚兄卻不願意。況我姑父
姑母，又是多年不通音信的，恐怕到了那裏，未免
要費些唇舌呢！」金生道：「事前需要打算打算著
方好。」雨墨暗道：「他倒是真關心呢！結了盟，
就另有一個樣兒了。」正想著，只見外邊走進一個
人來。雨墨才要問找誰的，話未說出，那人便與金
生磕頭道：「家老爺打發小人前來，恐爺路上缺少
盤費，特送四百兩銀子，叫老爺將就用罷。」此時
顏生聽得明白。見來人身量高大，頭戴鷹翅大帽，
身穿皁布短袍，腰束皮鞓帶，足下登一雙大曳拔靸
鞋，手裏還提著馬鞭子。只聽金生道：「吾行路焉
用多少銀兩？既承你家老爺好意，留下了二百兩銀
子，剩下的仍然帶回，替吾道謝。」那人聽了，放
下馬鞭子，從褡褳叉子裏，一封一封，掏出四封，
擺在桌上。金生便打開一包，拿了兩錠銀子，遞

與那人道：「難為你大遠的來，賞你喝茶罷！」那人又爬在地下，磕了個頭，提了褡褳馬鞭了才要走時，忽聽金生道：「你且慢著，你騎了牲口來了麼？」那人道：「是！」金生道：「很好。吾還要煩你辛苦一趟。」那人道：「不知爺有何差遣？」金生便對顏生道：「仁兄！興隆鎮的當票子，放在哪裏？」顏生暗想道：「我當衣服，他怎麼知道了？」便問雨墨。雨墨此時已經看獃了。忽聽顏生問他當票子，他便從腰裏掏出一個包兒來，連票子和那剩下的四兩多銀子俱擱在一處，遞將過來。金生將票子接在手中，又拿了兩錠銀子，對那人道：「你拿此票到興隆鎮，把它贖回來，除了本利，下餘的，你做盤費就是了。你將這個褡褳子放在這裏，回來再拿。吾還告訴你，你回來時，不必到這裏了，就在隔壁太和店，吾在那裏等你。」那人連連答應，竟拿了馬鞭子，出店去了。

金生又重新拿了兩錠銀子，叫雨墨道：「你這兩天，多有辛苦，這銀子賞你罷！吾可不是篾片了。」雨墨哪裏還敢言語呢？只得也磕頭謝了。金生對顏生道：「仁兄呀！咱們上那邊店裏去罷！」顏生道：「但憑賢弟。」金生便叫雨墨抱著桌上的銀子，小二拿了褡褳，主僕一同出了小店，來到太和店。真正寬闊，雨墨也不用說，竟奔上房而來。

顏生與金生，在迎門兩張椅子上坐了，這邊小二慇勤，泡了茶來。金生便出主意與顏生買馬，治簇新的衣服靴帽，全是使他的銀子；顏生也不謙讓。到了晚間那人回來，將當交明，提了搭褳去了。這一天喫飯飲酒，也不像先前那樣；止揀可喫的要來喫。剩的不過將夠雨墨喫的。到了次日，這二百兩銀子，除了賞項，買馬，贖當，治衣服等，並會了飯帳，共費去銀八九十兩，下剩仍有一百多兩，金生便都贈了顏生。顏生哪裏肯受，金生道：「仁兄只管拿去，吾路上自有相知應付。還是吾先走，咱們京都再會罷！」說罷執手告別，出店去了。顏生倒覺依戀不捨。此時雨墨的精神百倍，裝束行囊，將銀兩收藏嚴密，只將那剩的四兩有餘，帶在腰間，叫小二把行李搭在馬上，扣備停當，請相公騎馬。——登時闊起來了。顏生也給他雇了一頭驢，沿途代腳。

一日來至祥符縣，徑奔雙星橋而來。到了雙星橋，略問一問柳家，人人皆知，指引門戶。主僕來到門前一看，果然氣象不凡，是個殷實人家。原來顏生的姑父，名叫柳洪，務農為業，為人固執，有個慳吝毛病。他與顏老爺雖然郎舅，卻有些水火不同爐。只因顏老爺是個堂堂的縣尹，以為將來必有發跡，故將自己的女兒柳金蟬，自幼就許配了顏春

敏。不意後來，顏老爺病故，送了信來，他就有些後悔，還關礙著顏氏安人。誰知三年前顏氏安人又一病嗚呼，續娶馮氏，又是個面善心毒之人。柳洪每每提起顏生，便唶聲嘆氣，說當初不該定這門親事，已露出有退婚之意。馮氏有個姪兒，名喚馮君衡，與金蟬小姐年紀相仿。她打算著把自己姪兒作為養老的女婿，就是將來柳洪亡後，這一分家私，也逃不出馮家之手。因此她卻疼愛小姐，又叫姪兒馮君衡時常在員外眼前獻些殷勤。員外雖則喜歡，無奈馮君衡的相貌不揚，又是一個白丁，因此柳洪總未露出口吻來。一日柳洪正在書房，偶然想起女兒金蟬，年已及笄，顏生那裏孤苦伶仃，聞得他家道艱窘，難以度日，惟恐女兒過去受罪，怎麼想個法子，退了此親方好。正在煩思，忽見家人進來稟道：「武進縣的顏姑爺來了。」柳洪聽了，問道：「是什麼形相來的？」家人道：「穿著鮮明的衣服，騎著高頭大馬，帶著書童，甚是齊整。」柳洪暗道：「顏生必是發了財了，特來就親。」忙叫家人快請，自己也就迎了出來。只見顏生穿著簇新大衫，又搭著俊俏的容貌，後面又跟著個伶俐小童，拉著一匹潤白馬，不由得心中羨慕，連忙上前相見。顏生即以子姪之禮參拜，柳洪哪裏肯受？謙讓至再至三，才受半禮。彼此就座，敘了寒暄，家人獻茶已畢，顏生便漸漸地說到家業零落，特奉母命投親，

在此攻書，預備明年考試，並有家母親筆書信一封。說話之間，雨墨已將書信拿出來，交與顏生。顏生呈與柳洪，又奉了一揖。此時，柳洪就把那黑臉放下來，不似先前那等歡喜。無奈何將書信拆閱一畢，更覺煩了。便吩咐家人，將顏相公送至花園幽齋居住。顏生還要拜見姑母，柳洪道：「拙妻這幾日有些不爽快，改日再見。」顏生看此光景，只得跟隨家人，上花園去了。幸虧金生打算，替顏生治辦衣服馬匹，不然柳洪絕不肯納。

不知柳洪如何主意？且看下回分解。

這本書的譜系：俠義小說
Related Reading

文：何宜倫

先秦兩漢

司馬遷《史記‧刺客列傳》、《史記‧游俠列傳》	記載刺客專諸、荊軻，以及游俠朱家、郭解等的事蹟，可說是武俠文學的源頭
班固《漢書‧游俠傳》	以信陵君、平原君、孟嘗君、春申君等戰國四公子為游俠之首

唐宋

杜光庭《虯髯客傳》	刻畫「風塵三俠」李靖、紅拂女及虯髯客俠義精神
裴鉶《聶隱娘傳》	結合道教的神仙思想，描寫女俠聶隱娘神妙離奇的法術
袁郊《紅線傳》	文武全才的俠女紅線為了報恩，以高超武藝盜走敵人枕邊金盒
薛調《無雙傳》	結合愛情與豪俠的題材，敘述俠客古押衙助恩人成其姻緣

元明

施耐庵《水滸傳》	以宋江為首的一百零八條好漢，起而對抗腐敗的朝廷；開白話章回武俠小說的先河
王世貞《劍俠傳》	收錄唐宋元明的劍俠傳奇三十三篇
羅貫中《三遂平妖傳》	以北宋的王則起義為主軸，情節奇幻，是中國第一部長篇神魔小說
吳承恩《西遊記》	孫悟空保護玄奘西天取經，途中抵抗各種妖魔鬼怪
《封神演義》	以武王伐紂為背景，描述姜太公封神的故事，內容充滿神仙及魔怪

清

文康《兒女英雄傳》	俠女十三妹為報父仇而行走江湖，最後嫁作人婦，結合俠義與言情
石玉崑《七俠五義》	敘述江湖群俠協助包公辦案的過程；奠定了俠客為公平正義的化身
王夢吉《濟公全傳》	描寫濟顛和尚遊戲塵間，渡世救人，為後代描述風塵異人的典範
李百川《綠野仙蹤》	冷於冰拋家棄子，入深山訪道求師；融神魔、世情、歷史小說為一體
無名氏《施公案奇聞》	鏢客黃天霸等俠義英雄協助施公懲奸除惡
唐芸洲《七劍十三俠》	七子十三生輔佐王守仁平服各處亂事的歷史俠義小說

民初

平江不肖生《江湖奇俠傳》、《近代俠義英雄傳》	平江不肖生為南派之首，《近代俠義英雄傳》是一部寫實的武俠傳記文學
趙煥亭《奇俠精忠傳》	描寫清乾隆年間，俠客楊遇春等人替官兵平息民變教亂的故事
姚民哀《四海群龍記》	寫興中會成立以前之江湖大勢，為幫會武俠小說之祖

北派五大家

還珠樓主《蜀山劍俠傳》	糅合神怪、幻想、劍仙、武俠的鴻篇巨著，對後世武俠小說影響深遠
白羽《十二金錢鏢》	情節簡單，文字洗練，人物鮮明，反映出真實的社會百態
鄭證因《鷹爪王》	敘述鷹爪王率眾尋仇的故事，著重武功技擊的描寫
王度廬《鶴驚崑崙》、《臥虎藏龍》	王度廬擅長刻畫俠客的內心情感，以「悲劇俠情」的風格得名
朱貞木《虎嘯龍吟》	故事布局詭秘，尤以推理見長

近代

香港新派武俠

梁羽生《七劍下天山》、《萍蹤俠影錄》	梁羽生開名士派武俠新風，主角多為文武奇才，內容巧妙融入歷史
金庸《射雕英雄傳》、《鹿鼎記》	金庸集武俠小說之大成，馳譽中外，被譽為武俠宗師

台灣四大家

臥龍生《玉釵盟》	武功平庸的徐元平夜闖少林寺，引出一波波武林人物錯綜複雜的關係
司馬翎《劍海鷹揚》	融合各種雜學知識，注重推理鬥智，趣味性及知識性頗高
諸葛青雲《紫電青霜》	諸葛青雲擅長描寫男女情愛，建立了才子佳人的武俠風格
古龍《絕代雙驕》、《多情劍客無情劍》	古龍的作品意境深遠，充滿詩意，開新派武俠之風

延伸的書、音樂、影像
Books, Audios & Videos

《七俠五義》

作者：石玉崑；俞樾改編；楊宗瑩校訂、繆天華校閱　　出版社：三民書局，1979年

由清代俞樾改編自《三俠五義》而成，全書共一百二十回。內容描寫以南俠展昭、北俠歐陽春為主的七名俠客，與陷空島「五鼠」，如何幫助清官包拯破獲各種奇案，鏟除貪贓枉法的官員，以維護社會的治安。

《小五義》

作者：李宗為　　出版社：三民書局，2007年

本書是《三俠五義》的續書，「小五義」即是指鑽天鼠盧方的兒子盧珍、徹地鼠韓彰的義子韓天錦、穿山鼠徐慶的兒子徐良、錦毛鼠白玉堂的姪子白芸生和北俠歐陽春的義子艾虎。內容描述襄陽王意圖謀反；白玉堂誤入銅網陣而死，蔣平、智化等人用計收服了君山寨主鍾雄；眾俠分頭尋找被沈仲元挾持的巡按顏查散。在這過程中，「小五義」不期而遇，最後找回了顏查散，齊聚襄陽，分工破銅網陣。

《施公案》（全三冊）

作者：佚名　　出版社：三民書局，2008年

故事起源於說書，之後經過加工整理而成。故事描述清官施仕倫，是一位文弱書生，加上肢體殘障，但卻充滿了正義之氣，嚴懲貪官污吏，專為平民百姓申冤的故事。

《彭公案》

作者：貪夢道人　　出版社：上海古籍，2005年

敘述主角彭朋在辦案中，不畏懼強權，秉公執法，打擊、懲治貪官贓吏和豪紳惡霸。彭朋的原型是康熙年間的著名清官彭鵬，他為官清廉，受到百姓們的愛戴。

《包青天》（全三冊）

編繪：李志清　　出版社：長鴻

用漫畫形式描繪，以宋代時期為背景，當時朝廷被權臣把持，包拯不畏太后的威勢，仗義執言得到皇帝的賞識，御賜尚方寶劍並入主開封府。包拯與展昭等正義之士為維護社會紀律，一同懲奸除惡。

開封府歡迎您！

www.kaifengfu.cn/

開封府，位於開封包公湖東湖北岸。這裏詳細地介紹了開封府的歷史、各式主題景點區、文藝表演節目以及旅遊指南。

2009台灣俠義文化節

http://liaofestival.pixnet.net/blog

2009年為廖添丁逝世一百周年，為紀念其俠義之風，推動這項《廖添丁百年祭》活動，將透過展覽、研討活動、渡河會香、祭祀、藝文表演等一系列活動，以紀念這位劫富濟貧的傳奇人物。

《包青天》

製作人：趙大深

主演：金超群、何家勁、范鴻軒

1993年由開全傳播製作、中華電視公司首播的台灣電視劇，引起廣大的回響，並將原先預定播出的十五集，延長為二百三十六集，此劇被譽為最經典的電視劇版本。劇中包青天個性耿直、為人清廉，不畏權勢地審理所有案件，並極力為百姓平亂解救疾苦，即使朝中皇親國戚、文武權貴犯法，也是同樣鐵面無私的辦案。

《少年包青天》

導演：胡明凱　演員：周杰、釋小龍、任泉、李冰冰、陳道明、鄭佩佩

本劇以包拯少年時代為題材，當時的包拯已是揚州著名的才子，同學中另有一名才子公孫策，總是想與包拯一較高下。但每次破案都是被包拯搶先一步，漸漸地被包拯的才智和膽識所折服……。

《御貓三戲錦毛鼠》

導演：劉家良　演員：鄭少秋、傅聲、劉家輝、惠英紅

取材自《七俠五義》的一段，講述展昭、白玉堂同門學藝，武功在伯仲之間，但白好勝心強，常藉故與展昭比試，引起師父震怒，最後將二人逐出師門。白玉堂在無意中救了皇帝，本欲加封於他，但白玉堂卻不相信其身分而拒絕。日後皇帝再被展昭所救，隨即獲得御封。白玉堂心生不滿，設計盜取玉璽，欲與四鼠合力戲弄展昭，但展昭武藝高強，終不辱皇命而回。

黃俊雄布袋戲《包公俠義傳》

製作：黃俊雄　口白：黃立綱

為紀念布袋戲大師黃海岱，重拍《七俠五義》，命名為《包公俠義傳》。內容以宋朝為背景，劇情以兩方面為主線：一為北宋的開封府尹包拯，斷案如神、公正廉明、鐵面無私，專懲貪官污吏，深得百姓愛戴；另一主線為以七位俠客：北俠歐陽春、南俠展昭、丁氏雙俠、小俠艾虎、智化、沈仲元等，與「五鼠」為主，前往開封府為國效力。

京劇《秦香蓮》

又名《鍘美案》，是京劇包公戲中最知名的故事。故事講述陳世美原本家境貧寒，和妻子秦香蓮恩愛和諧，經過多年苦讀，進京趕考，考中狀元，被仁宗招為駙馬。秦香蓮因許久沒有丈夫的消息，便帶著孩子上京尋夫，但陳世美不肯與其相認，並派韓琪追殺之，韓琪不忍心下手只好自刎。秦香蓮到開封府控告，包拯欲治罪於陳世美，便設計兩人對質，但陳世美仗著皇親國戚的身分，不肯認罪。包拯欲鍘駙馬，公主與太后皆前來阻止，包拯終不讓步，將陳世美送上龍頭鍘。

經典3.0
ClassicsNow.net

効忠與任俠 七俠五義

原著：石玉崑
導讀：張大春
2.0繪圖：阮光民

策畫：郝明義
主編：冼懿穎
美術設計：張士勇
編輯：張瑜珊
圖片編輯：陳怡慈
美術：倪孟慧 戴妙容
邊欄短文寫作：何宜倫
校對：呂佳真

感謝北京故宮博物院對本書之圖片內容提供特別支持與協助

企畫：網路與書股份有限公司
出版者：大塊文化出版股份有限公司
台北市10550南京東路四段25號11樓
www.locuspublishing.com
讀者服務專線：0800-006689
TEL：886-2-87123898   FAX：886-2-87123897
郵撥帳號：18955675
戶名：大塊文化出版股份有限公司
法律顧問：全理法律事務所董安丹律師
版權所有 翻印必究

總經銷：大和書報圖書股份有限公司
地址：台北縣新莊市五工五路2號
TEL：886-2-8990-2588
FAX：886-2-2290-1658
製版：瑞豐實業股份有限公司
初版一刷：2011年1月
定價：新台幣220元
Printed in Taiwan

効忠與任俠 ： 七俠五義 ＝ Seven gallants and
five heroes ／ 石玉崑原著 ； 張大春導讀 ；
阮光民繪圖. -- 初版. -- 臺北市：大塊文化,
2011.01
　　面；　公分. --（經典 3.0）
　　ISBN　978-986-7975-94-2（平裝）

857.44　　　　　　　　　　99012806